HEYNE <

Das Buch

Sydney in den Fünfzigerjahren: Nach ihrem Examen hilft Lesley Miles, genannt Lisa, im berühmten Kaufhaus *Goode's* aus, um in der Vorweihnachtszeit in der Abteilung für Cocktailkleider etwas Geld zu verdienen. Dort trifft sie auf Patty, Fay und Miss Jacobs, die unterschiedlicher nicht sein könnten: Patty ist 31 und in ihrer Ehe unglücklich, Fay stürzt sich von einem Herzensabenteuer ins nächste, und Miss Jacobs, deren Vorname ein Geheimnis bleibt, ist die unangefochtene graue Eminenz. Dann ist da noch Magda, die in der Abteilung für Abendkleider arbeitet und als einzige der Frauen mit Leichtigkeit durchs Leben zu gehen scheint. Sie übt einen besonderen Reiz auf Lisa aus und nimmt die Neue unter ihre Fittiche. So überkreuzen und beeinflussen sich die Leben dieser so unterschiedlichen Frauen. Und am Ende der Saison wird das Leben von jeder von ihnen in eine unerwartete Richtung schwenken.

Dieses Buch ist unter dem Titel *Ein Sommer in Sydney* bei Fischer erschienen.

Die Autorin

Madeleine St. John, geboren 1941, war die erste australische Autorin auf der Shortlist des Booker Prize for Fiction. »Drei Frauen in Schwarz« ist ihr erster Roman, mit dem ihr ein überwältigender Erfolg gelang. Ihr vierter und letzter Roman, »Der Weg ins Paradies«, wurde zu ihren Lebzeiten nicht im Ausland veröffentlicht, weil sie sich aus Angst vor einer ungenauen Übersetzung stets dagegen verwahrte. Er erscheint 2022 erstmals auf Deutsch im Wilhelm Heyne Verlag. Madeleine St. John starb 2006.

MADELEINE ST. JOHN

Drei Frauen in *Schwarz*

Übersetzt von Marie Rahn

WILHELM HEYNE VERLAG
MÜNCHEN

Die Originalausgabe THE WOMEN IN BLACK
erschien erstmals 1993 bei Andre Deutsch.

Die deutschsprachige Erstausgabe ist unter dem Titel
EIN SOMMER IN SYDNEY bei S. Fischer Verlag GmbH,
Frankfurt am Main, erschienen.

MIX
Papier aus verantwortungsvollen Quellen
FSC® C014496
FSC
www.fsc.org

Penguin Random House Verlagsgruppe FSC® N001967

Deutsche Erstausgabe 12/2021
THE WOMEN IN BLACK

First published in the UK in 1993 by Andre Deutsch
This edition published by
The Text Publishing Company Australia in 2018

Redaktion: Steffi Korda
Printed in Germany
Umschlaggestaltung: Eisele Grafik Design, München,
nach einer Vorlage von Little, Brown Book Group, London,
unter Verwendung einer Illustration von Heather B. Swann
Satz: Leingärtner, Nabburg
Druck und Bindung: GGP Media GmbH, Pößneck
ISBN: 978-3-453-42411-1

www.heyne.de

1

Ein heißer Novembertag ging zu Ende. Fay Baines und Patty Williams von der Damenabteilung zogen gerade ihre schwarzen Dienstkleider aus, bevor sie sich auf den Weg nach Hause machen würden. Sie erlaubten sich dabei, ein wenig zu lästern.

»Mr. Ryder ist eigentlich gar nicht so übel«, sagte Fay über den Abteilungsleiter, »aber Miss Cartright ist eine echte Nervensäge, um es mal ganz deutlich zu sagen.«

Patty zuckte die Achseln und fing an, sich die Nase zu pudern. »Zu dieser Jahreszeit ist es mit ihr immer besonders schlimm«, erwiderte sie. »Nur weil sie sich als Einkäuferin was einbildet. Als wollte sie dafür sorgen, dass wir uns unsere Weihnachtsgratifikation auch wirklich verdienen.«

»Mehr geht wirklich nicht«, empörte sich Fay. »Wir laufen uns schon die Füße platt!«

Was der Wahrheit entsprach: Da es nur noch sechs Wochen bis zu den Feiertagen waren, strömten immer mehr Kunden in Scharen in das Kaufhaus und plünderten immer schneller den Bestand an Textilien.

Als Patty an jenem Abend ihre Unterwäsche per Hand wusch, hatte sie plötzlich das Gefühl, mit dem Wasser, das den Abfluss hinuntergurgelte, würde auch ihr Leben weggespült. Doch dann riss sie sich zusammen und kümmerte sich um ihre Pflichten, während die brütend heiße australische Sommernacht auf sie niederbrannte.

Mrs. Patty Williams und Miss Fay Baines arbeiteten zusammen mit Miss Jacobs in der Abteilung für Cocktailkleider, die sich neben der für Abendkleidung befand, und zwar am hinteren Ende der zweiten Etage von *Goode's* im Stadtzentrum von Sydney.

F.G. Goode, ein geschäftstüchtiger Kaufmann aus Manchester, hatte das Kaufhaus Ende des letzten Jahrhunderts gegründet (*Kleidung für die Dame und den Herrn – Der letzte Schrei aus London*) und es nie bereut, denn er hatte sofort erkannt, dass die Einwohner der Kolonie alles dafür bezahlen würden, um das Gefühl zu bekommen, sie gingen mit der Mode. Und nun waren seine Enkel die Hauptaktionäre eines Konzerns, der jährlich mehrere Millionen australische Pfund Umsatz machte und die aktuelle Mode aus London und anderen angesagten Metropolen anbot. Momentan war italienische Ware im Kommen. »Das habe ich von *Goode's*«, lautete die Bildunterschrift des unsäglichen Werbeplakats, auf dem eine arrogant blickende Dame zu sehen war, die sich mit einem unerträglich eleganten Kleid dem verzweifelt neidischen Blick ihrer Freundin präsentierte – und auch wenn Kleider und Posen sich mit den Jahren verändert haben mochten, erschien die Anzeige unverändert in der linken unteren Ecke der Frauenseite des *Herald*: Vermutlich war der Platz auf ewig gebucht und der Untertitel seit Langem ein stadtbekannter Slogan.

Goode's ließ die gesamte Konkurrenz weit hinter sich, weil es sich ausschließlich und hingebungsvoll auf Mode konzentrierte. Dafür wurden angehende talentierte Einkäufer eigens zur Fortbildung in die großen Kaufhäuser von London und New York geschickt. Und wenn zweimal im Jahr die neuen Kollektionen eintrafen, machte das Personal Überstunden, um sie – mit den entsprechenden Kommentaren – auszupreisen und zu präsentieren.

»Das hier kann so viel kosten, wie es will«, bemerkte Miss Cartright, »und trotzdem ist es innerhalb von vierzehn Tagen weg. Passen Sie nur auf!« Was sie alle pflichtschuldig taten.

2

Patty Williams, geborene Crown, war eine kleine, dünne Frau mit verlebtem Gesicht und strohfarbener, steif wirkender Dauerwelle. Ihr Mann Frank war natürlich ein Mistkerl. Er hatte sie geheiratet, als sie gerade mal einundzwanzig und er ein strammer, vor Vitalität strotzender Sechsundzwanzigjähriger gewesen waren. Warum sie noch keine Kinder hatten, war ein Rätsel. Jetzt, fast zehn Jahre später, arbeitete sie immer noch, obwohl das Haus mittlerweile vollständig eingerichtet und mit Möbeln vollgestopft war. Sie brauchten das Geld gar nicht, weshalb Patty es in der Bank of New South Wales ansparte, weil sie keine andere Verwendung dafür hatte. Schließlich gab ihr Frank weiterhin Haushaltsgeld, welches sie bis auf den letzten Cent ausgab, das war Ehrensache, denn sie kaufte oft Rumpsteak. Andere in ihrer Lage hätten vielleicht Hackfleisch und Würstchen gekauft, aber Frank mochte nun mal Rumpsteak. Wenn sie gegen sechs Uhr abends von *Goode's* nach Hause kam (sie wohnten in einem Häuschen in Randwick), holte sie das Steak aus dem Kühlschrank. Sie bereitete das Gemüse vor und deckte den Tisch. Kurz vor sieben kam dann Frank, meistens leicht angetrunken. »Hallo!«, rief er auf dem Weg ins Bad. Dort schrubbte er sich energisch die Hände, und wenn er danach in die Küche gestampft kam, brutzelte das Steak schon in der Pfanne.

»Was gibt's zum Abendessen, Patty?«, fragte er.

Und sie sagte: »Steak.«

»Schon wieder Steak«, bemerkte er.

Doch wann immer sie ihm etwas anderes vorsetzte, sogar Lammkoteletts (»Kein Fleisch an den Dingern«, erklärte Frank und wedelte zum Beweis mit dem Knochen), dann beschwerte er sich. Patty war es gleich; sie hatte schon vor Jahren ihren Appetit verloren.

An den Wochenenden besuchte sie ihre Mutter oder eine ihrer Schwestern. Frank brachte und holte sie ab, und während sie mit »Quatschen, Quatschen, immer nur Quatschen« beschäftigt war, spielte er auf einem öffentlichen Platz in Kingsford Golf oder trank im Pub. Er war ein ganz normaler Mistkerl, weder grausam noch gewalttätig, einfach nur unsensibel und nicht besonders gesprächig.

Tatsächlich hatte Patty wegen ihrer Kinderlosigkeit bereits einen Arzt aufgesucht, der allerdings versichert hatte, dass bei ihr alles völlig in Ordnung war. »Selbstverständlich«, sagte er, »können wir die Frage nicht klären, ohne auch Ihren Mann zu untersuchen. Möglicherweise liegt das Problem bei ihm. Es ist sogar wahrscheinlich. Mag sein, dass er unfruchtbar ist.«

»Oh«, sagte Patty überwältigt. »Dann glaube ich nicht, dass er kommt.« Sie würde das Thema ihm gegenüber nicht mal zufällig erwähnen können, da war sie sich sicher.

»Wie oft haben Sie Verkehr?«, erkundigte sich der Arzt.

»Na ja«, sagte Patty. »Nicht so oft. Er wird schnell müde.«

Tatsächlich waren Franks Bemühungen halbherzig.

Der Arzt betrachtete seine Patientin mit leichter Verzweiflung. Hier hatte er eine Frau im besten gebärfähigen Alter vor sich, die kein Kind hatte, um das sie sich kümmern konnte: Das war ganz und gar unnatürlich. Mittlerweile wirkte sie schon verblüht und würde daher keinen anderen Mann für sich begeistern können, der vielleicht das Nötige tat. Wenn ihr eigener Mann seiner Aufgabe nicht gewachsen war, würde ihr Leben vergeudet sein. Wirklich, es war zu schade.

»Nun«, sagte er zu ihr, »versuchen Sie es einfach weiter. Es ist manchmal etwas kompliziert, schwanger zu werden, also sorgen Sie für möglichst viele Gelegenheiten. Sie haben ja noch Zeit.«

Zu dem Zeitpunkt war sie bereits dreißig, und als sie die Praxis verließ, blickte der Arzt ihr nachdenklich hinterher. Mit einer neuen Frisur, ein bisschen Farbe im Gesicht und einem schwarzen Nachthemd ließe sich aus ihr bestimmt noch was machen. Doch wahrscheinlich würde ihr Mann das nicht mal bemerken, der Mistkerl.

Vermutlich hatte der Arzt mit dieser Annahme recht. Frank arbeitete in der Verkaufsabteilung einer großartigen Dachziegelfirma, deren vielfarbige Artikel auf der Parramatta Road angepriesen wurden. Abends nach der Arbeit trank er mit seinen Kumpeln noch was in einem Pub am Railway Square, dann ging er nach Hause zu Patty und seinem halben Pfund Rumpsteak. Danach sah er Patty beim Spülen zu, schaute sich ein paar Fernsehsendungen an, die neu in Australien ausgestrahlt wurden, und stapfte ins Bett – »Ich glaub, ich leg mich hin« –, worauf Patty – »Ist gut, Schatz« – ihm folgte. Sie legte sich in einem blauen Nylonnachthemd neben ihn und hörte schon bald sein Schnarchen.

Das leere Kinderzimmer, für alle Eventualitäten in Primelgelb gestrichen, wartete vergeblich auf seinen kleinen Bewohner, und Patty, in einem Zustand unbewusster und daher nicht eingestandener Verzweiflung, arbeitete weiter bei *Goode's* – dieses Jahr wie all die Jahre, bis sie schwanger werden würde.

»Ich verstehe das nicht, wirklich nicht«, sagte ihre Mutter zu Pattys Schwester Joy.

»Ich glaube, Frank ist nicht zu besonders viel zu gebrauchen«, bemerkte Joy orakelhaft.

»Ach, komm schon«, protestierte ihre Mutter. »Er ist ein gesunder, kräftiger Kerl.«

»Aussehen ist nicht alles«, erwiderte Joy.

»Ich verstehe es nicht, wirklich nicht«, wiederholte Mrs. Crown.

»Geht dich auch nichts an«, meinte Joy.

Joy war jünger als Patty und hatte schon zwei Kinder, Pattys ältere Schwester Dawn hatte drei. Mit der Fruchtbarkeit bei den Crowns war offensichtlich alles in Ordnung. Joy fand, dass Patty Frank nie hätte heiraten sollen. Bisher aber nutzte sie, wenn sie etwas Besonderes wie ein Partykleid wollte, immer Pattys Angestelltenrabatt bei *Goode's*. Patty musste dann behaupten, das Kleid wäre für sie selbst, was, wenn man genau hinsah, nicht stimmen konnte, denn es war in Größe 38, und Patty selbst trug 36.

3

Patty, Fay und Miss Jacobs (deren Vorname ein Geheimnis blieb) trafen alle um zwanzig vor neun am Personaleingang von *Goode's* ein, wie es Vorschrift war, auch wenn Fay hin und wieder zu spät kam und entsprechend gehetzt und ungepflegt aussah. Im Personalaufzug fuhren sie in die oberste Etage (Personal und Verwaltung) und gingen in die Umkleide (hinter der Buchhaltung), um ihre schwarzen Kleider anzuziehen, die sie am Abend zuvor in ihre Schließfächer gehängt hatten.

Diese schwarzen Kleider wurden bei der Arbeit die ganze Woche getragen und übers Wochenende von *Goode's* gereinigt, damit sie am Montagmorgen der darauffolgenden Woche wieder angezogen werden konnten. Sie umgab ein ganz spezieller Geruch – nicht unangenehm, aber doch eigentümlich, nach häufigem Reinigen einerseits und billigem Talkumpuder und Schweiß andererseits. Jede Verkäuferin bei *Goode's* roch so, wenn sie ihr schwarzes Kleid trug.

Die Kleider wurden von dem Kaufhaus gestellt, blieben aber im Besitz des Arbeitgebers. Sie sollten eigentlich sowohl kräftigeren als auch schmaleren Figuren schmeicheln, was nicht wirklich gelang. Andererseits waren die Verkäuferinnen auch nicht da, um den Laden zu schmücken, sondern um die Waren darin zu verkaufen. Also stieg jede von ihnen mit einem resignierten Seufzer in ihr schwarzes Kleid und zupfte vergeblich hier und da etwas zurecht, während sie sich im mannshohen Spiegel betrachtete. Die Kleider wurden aus Seidenkrepp im Stil der späten Dreißigerjahre geschneidert. Dadurch brauchten sie relativ wenig Stoff, wirkten aber schlicht und adrett.

Patty Williams' Kleid war, wie wir bereits wissen, in Größe 36, während Fay Baines Größe 38 trug und Miss Jacobs ganz klar Größe 42 brauchte, vor allem im Brustbereich. Ihre Größe und allgemeine Erscheinung waren im Grunde das Einzige, was man über Miss Jacobs in Erfahrung bringen konnte, der Rest blieb ein Geheimnis.

»Diese Miss Jacobs«, sagte Fay zu ihrer Freundin Myra, als sie bei *Repin* Eiskaffee tranken, »ist ein wahres Mysterium.«

Selbst Miss Cartright dachte ab und an über Miss Jacobs nach, die noch nie auch nur einen einzigen Arbeitstag gefehlt hatte. Wer war sie? Wo wohnte, aß und schlief sie? Wie sah ihr Leben jenseits der Öffnungszeiten bei *Goode's* aus? Niemand hatte die geringste Ahnung – mit Ausnahme der Personalabteilung, die wusste, wo sie wohnte, diese Information aber nie preisgegeben hätte, auch wenn jemand gefragt hätte, was niemand tat. Miss Jacobs verließ *Goode's* jeden Abend in genau dem Rock und der Bluse (und der Jacke oder dem Mantel im Winter), mit denen sie auch gekommen war, und trug dazu ein großes Einkaufsnetz mit ein bis zwei in braunes Papier gewickelten Päckchen. Was befand sich in diesen Päckchen? Das wusste niemand zu sagen. Sie ging die Castlereagh Street Richtung Circular Quay hinunter, was alle möglichen Viertel von Hunter's Hill (unwahrscheinlich) bis Manly (gerade noch möglich) bedeuten konnte.

Miss Jacobs war eine kräftige ältere Frau mit dunkler Haut und dünnen, grauen Haaren, die sie in einem kleinen, altmodisch wirkenden Dutt an ihrem Hinterkopf trug. Sie hatte eine Brille mit Metallrahmen, und in ihrem Dekolleté steckte immer ein sauberes weißes Taschentuch. Sie trug schwarze Schnürschuhe mit Blockabsatz und hatte einen ziemlich ungraziösen, eher stampfenden Gang. Mr. Ryder begegnete ihr eines Abends auf der Pitt Street und versuchte, sie aus Freundlichkeit ein Stück zu begleiten. Doch Miss Jacobs, ob nun notwendig oder nicht, trennte sich direkt an der nächsten Ecke von ihm und ging allein den Martin Place hinunter, wobei sie etwas von Wynyard murmelte, was Mr. Ryder für einen Vorwand hielt, da er selbst über den Bahnhof dieses Viertels nach Hause kam, Miss Jacobs dort aber noch nie gesehen hatte.

Miss Jacobs arbeitete nicht nur länger bei *Goode's* als Mrs. Williams (die direkt nach der Schule in der Kinderabteilung angefangen und vor vier Jahren zur Damenabteilung gewechselt hatte), sondern hatte bei den Cocktailkleidern auch eine wichtige Aufgabe, da sie für die Änderungen zuständig war. Das konnte man daran sehen, dass sie ständig ein langes Maßband um den Hals trug, um für die Kundinnen parat zu stehen, die Säume oder sogar Nähte geändert haben wollten. Die Verkäuferin, die eine solche Kundin bediente, kam dann immer aus der Umkleide und rief: »Miss Jacobs? Miss Jacobs, bitte! Hier muss etwas geändert werden, wenn Sie Zeit hätten!« Dann blickte Miss Jacobs von dem Saum auf, den sie gerade in einer anderen Kabine absteckte, und antwortete mit den Stecknadeln zwischen den Lippen: »Alles zu seiner Zeit. Ich habe nur zwei Hände. Und auch nur zwei Beine.« Die Dame, deren Saum sie absteckte, lächelte oder kicherte zustimmend, je nachdem. Nach dem Abstecken kam das Kleid in die siebte Etage, um von einer der hauseigenen Schneiderinnen geändert zu werden, und wenn es fertig war (das konnte ein paar

Tage dauern), wurde es nach Hause geliefert, wie so viele von *Goode's* Waren (»Schicken Sie es mir, bitte«), und zwar in einem der blaugelben Lieferwagen des Kaufhauses, die in allen besseren Vierteln von Sydney ein vertrauter Anblick waren:

F.G. Goode's
Für die Menschen von Sydney seit 1895

Miss Jacobs jedenfalls war zumindest für die Damen von Sydney schon seit der legendären, ja ruhmreichen Ära *vor dem Krieg* da. Sie hatte bei Handschuhen und Strickwaren angefangen, einen Abstecher zu den Tageskleidern gemacht (wo man sie für die Änderungen geschult hatte) und war dann zur Sport- und Freizeitkleidung für Damen gekommen, wo es ihr *eher nicht* gefallen hatte, weshalb sie mit Freuden in die zweite Etage zurückgekehrt war, kaum dass sich eine Gelegenheit bei den Cocktailkleidern ergeben hatte. Und dort stand sie seit dem New Look der Nachkriegszeit bereit, immer mit Maßband und einem Döschen Stecknadeln.

4

Fay Baines war neunundzwanzig, mindestens. Patty Williams fragte sich sogar, ob sie nicht schon dreißig war. Und das war nicht das Einzige, was sie sich fragte. Während sie selbst Frank hatte, über den sie sprechen konnte, obwohl es über ihn eigentlich nichts zu sagen gab (»Am Sonntag hat Frank Golf gespielt.«), und ihr Haus (»Ich glaube, ich werde mir Hussen für das Wohnzimmer machen lassen. Ich brauche einen neuen Staubsauger.«), außerdem ihre Mutter (»Freitag ist Mums Geburtstag. Wir fahren alle am Samstag hin.«) und ihre Schwestern, redete Fay Baines ausschließlich über *Männer*.

Es war schon chronisch, ständig hieß es: dieser und jener, hierhin und dorthin und wieder zurück, mit Tom, Dick und Harry. Und gab es nur das geringste Anzeichen dafür, dass einer von denen in Betracht zog, sie zu heiraten? Ganz und gar nicht! Manchmal fragte sich Patty, ob es Tom, Dick und Harry überhaupt gab, ganz zu schweigen von Bill, Bruce oder Bob. Schließlich war diese Frau schon mindestens dreißig.

In jedem Fall war es nicht besonders erfreulich, wenn man genauer darüber nachdachte, denn Fay wohnte ganz allein, offenbar in einer winzigen Wohnung in Bondi Junction. Daher gab es niemanden wie zum Beispiel eine Mutter, die ein Auge auf alles hatte und dafür sorgte, dass Fay nicht zu weit ging, was Pattys Meinung nach zu vermuten stand, war Fay doch mindestens einunddreißig, zumindest kein junges

Küken mehr, und natürlich verzweifelt, was jede in ihrer Lage gewesen wäre. Männer nutzten das aus, weil sie nur an das eine dachten – alle, außer Frank.

Diese Überlegungen (bis auf letztere über Frank) äußerte sie gegenüber Joy, Dawn und ihrer Mutter, und sie alle stimmten zu, während sie Biskuitkuchen am Küchentisch aßen und die Kinder in Mrs. Crowns kleinem Garten herumrannten – wenn man denn das schmale Rechteck mit dem Queckengras, dem mickrigen Gummibaum und einem alten Kaninchenstall daneben so nennen wollte.

»Sie sollte sich mit ein paar anderen Mädchen eine anständige Wohnung teilen«, befand Mrs. Crown, »so wie Dawn vor ihrer Heirat.«

»Ach ja, *wirklich,* Mum?«, warf Dawn hitzig ein.

Es hatte den furchtbarsten Streit zwischen ihnen gegeben, als sie hinaus in die Welt ziehen wollte: Mrs. Crown hatte Dawn die schlimmsten Hintergedanken und Absichten unterstellt, als Dawn verkündet hatte, sie würde mit zwei Freundinnen zusammenziehen. Dabei hatte Dawn sich nur ein bisschen Privatsphäre gewünscht. Wie ihre Mutter da gewütet hatte! Und jetzt redete sie, als wäre es das Normalste von der Welt. Typisch!

»Nun«, sagte Mrs. Crown und schnitt sich noch ein Stück Kuchen ab, »die Zeiten ändern sich eben, nicht wahr?«

»Nein«, warf Joy in ihrer aufreizenden Art ein, »die Menschen.«

»Wie auch immer«, sagte Patty. »Wenn Fay Baines sich Gedanken um ihren Ruf macht, sollte sie nicht allein wohnen, sondern sich eine Wohnung teilen. Das ist meine Meinung. Was soll denn ein Mann denken, wenn ein Mädchen so ganz allein lebt?«

Daraufhin saßen die vier Frauen da und dachten kurz darüber nach, was genau ein Mann da wohl denken würde.

Ohne Patty Williams zu nahe treten zu wollen, war Fay Baines in Wahrheit erst achtundzwanzig und trug Größe 38 mit Tendenz zur 40, wenn sie nicht auf sich achtete. Genau zu dem Zeitpunkt, da Mrs. Crown und ihre drei Töchter in Kuchen und unverfrorenen Spekulationen schwelgten, saß sie auf einem Sessel und schluchzte in ein kleines weißes Taschentuch. Es war eins aus einem Viererset in einer flachen, goldenen Schachtel, das einer ihrer Bewunderer ihr geschenkt hatte.

Wenn sie nicht gerade weinte, war sie ein hübsches Mädchen mit dunklen, welligen Haaren, großen, unschuldigen braunen Augen und einer Schwäche für Make-up, das sie großzügig auftrug, vor allem, wenn sie ausging.

»Du siehst ja zum Anbeißen aus«, hatte Fred Fisher gesagt, als er sie das erste Mal abholte.

Als sie wieder zurückkamen, wollte er das auch wahrhaftig in die Tat umsetzen, und sie hatte alle Hände voll zu tun, um ihn abzuwehren. Daraufhin hatte er sie beschimpft und war wutschnaubend davongestampft. So was passierte Fay öfter, denn sie lernte irgendwie nie einen Mann kennen, wie sie ihn sich erträumte: jemand, der sie nicht nur begehrte, sondern auch respektierte. Jemand, der sie liebte und heiraten wollte. Bei Fays Anblick dachte kein Mann ans Heiraten, und das war schlimm, denn Fay wünschte sich nichts sehnlicher als das – was alles in allem nur natürlich war. Aber die Männer kamen immer auf falsche Gedanken, genau wie Mrs. Crown und ihre Töchter mutmaßten.

Fay war praktisch allein auf der Welt: Ihre Mutter, eine Kriegswitwe, war ein paar Jahre zuvor gestorben, und ihr Bruder, der eine Frau und zwei Kinder hatte, wohnte in Melbourne, wo sie ihn hin und wieder besuchte. Allerdings verstand sie sich nicht mit seiner Frau, die sich ihrer Meinung nach ziemlich aufspielte, daher waren ihre Besuche immer seltener geworden.

»Wenn du nicht auf Anhieb Erfolg hast«, sagte Fay zu sich selbst, »dann musst du es immer wieder versuchen.«

Das hatte ihr jemand auf die erste Seite ihres Poesiealbums geschrieben, als sie ein Teenager gewesen war, und es hatte nachhaltigen Eindruck bei ihr hinterlassen.

Fay hatte ursprünglich Revuegirl werden wollen, sich Anfang zwanzig aber damit begnügen müssen, erst als Zigarettenmädchen und dann als Kellnerin in einem Club zu arbeiten. Mit dreiundzwanzig hatte sie Mr. Marlow kennengelernt, einen reichen Junggesellen mittleren Alters. Zwei Jahre später hatte er ihr 500 Pfund in bar geschenkt und erklärt, er würde nach Perth umziehen, aber die Zeit mit ihr sei wunderbar gewesen. In der Wohnung, die nun nicht länger notwendig war, blieb sie aus reiner Trägheit. Sie gab ihr Lotterleben als Kellnerin mit den speziellen Arbeitszeiten und den riesigen Trinkgeldern auf und arbeitete stattdessen in einem Bekleidungsgeschäft in der Strand Arcade. Dort hatte sie die Bekanntschaft von Mr. Green gemacht, einem Kleiderfabrikanten. Und als er unerwartet verkündete, er würde heiraten, kündigte sie genauso unerwartet ihre Stelle in der Strand Arcade mit all den Erinnerungen und fing bei *Goode's* an, wo sie mittlerweile seit gut anderthalb Jahren war.

Die Männer, mit denen sie sich in letzter Zeit traf, waren Ausschussware aus ihrer bewegten Vergangenheit, Blind Dates, arrangiert von Myra Parker (Freundin, Kollegin und Mentorin seit Fays Tagen im Nachtclub), und welche, die sie auf den

Partys traf, zu denen Myra oder die Ausschussware sie mitnahmen. Und die 500 Pfund? Lagen auf der Bank. Sie beabsichtigte, sie vollständig für ihre Aussteuer zu verprassen, wenn die Zeit gekommen war. Manchmal, so wie jetzt, ertappte sie sich beim Weinen, weil die Zeit so lange auf sich warten ließ und Fay langsam befürchtete, sie würde gar nicht mehr kommen. Doch nach einer Weile, wenn ihr Taschentuch völlig durchnässt und zu nichts mehr zu gebrauchen war, trocknete sie ihre Tränen, wusch sich das Gesicht und zündete sich eine Craven A an.

»Wenn du nicht auf Anhieb Erfolg hast«, sagte sie zu sich, »dann musst du es immer wieder versuchen.«

Sie war ein tapferes Mädchen, wie die meisten ihrer Landsleute.

5

Bei *F.G. Goode's* gingen jeden Morgen von Montag bis Samstag die großen Türen aus Mahagoni und Glas schlagartig um fünf nach neun auf, und für den Rest des Tages bis halb sechs (samstags bis halb eins) strebten die Damen mit ihren Wünschen hinein und mit ihren Waren wieder hinaus. Die meisten Kundinnen kamen zu Fuß. Waren sie sehr elegant gekleidet, tippte sich der Pförtner in der Uniform eines Oberstleutnants der ruritanischen Armee an seine Kappe oder nickte kurz. Trafen sie aber mit einem Taxi oder, du meine Güte, in einem Wagen mit Chauffeur ein, eilte er zum Bordstein und öffnete die Tür für die entsteigende Dame.

Was auch immer ihr eigentliches Anliegen war – die meisten Kundinnen verweilten zuerst im Erdgeschoss und nahmen die Ladentheken mit Parfüm, Taschentüchern, Schals, Gürteln und Handtaschen in Augenschein, bevor sie sich zum Lift oder zur Treppe wandten. Manchmal gingen sie auch direkt zum Wasserspender oder ließen sich auf einem goldenen Hocker an der Marmortheke nieder und tranken einen Milchshake oder ein Ice-Cream-Soda, denn Sydney ist eine sehr große Stadt, und diese Damen mochten lange unterwegs gewesen sein, um zu *Goode's* zu gelangen. Es kam auch vor, dass sie mit ihrem Getränk eine Kopfschmerztablette schluckten, um für den Tag gerüstet zu sein.

In den Schulferien hatten manche ein oder zwei Kinder

dabei, und diese Damen taten selbst einem Offizier der ruritanischen Armee leid, denn die Kinder waren oft grässliche Gören, die sich stritten und jeden Satz mit *Ich will* anfingen. Die meisten dieser Kinder sollten Schuhe bekommen, denn in der Kinderschuhabteilung gab es einen Röntgenapparat, damit man ganz sicher sein konnte, dass sich die Fußknochen mit den neuen Schuhen nicht gesundheitsschädlich verschoben. Dieser Apparat war bei den bessergestellten Müttern außerordentlich beliebt, bis man entdeckte, dass die Auswirkungen der vielen Röntgenstrahlen doch gefährlicher waren, als nicht passende Schuhe zu tragen.

Falls sich der Nachwuchs einigermaßen gut benahm, durfte er nach dem Einkauf ins Restaurant im fünften Stock, das in den Schulferien kein besonders angenehmer Ort war, da die Kinder sofort verrücktspielten, kaum dass sie am Tisch saßen, und nur sehr wenige Mütter die Nerven hatten, sofort wieder mit ihnen hinauszumarschieren. Daher wurde das Essen ständig von Kapriolen und Klapsen, von verschütteten Getränken und über dem Tisch verteiltem Wackelpudding unterbrochen. Noch weniger Mütter hatten das *Savoir-faire*, ein Trinkgeld zu geben, das dem verursachten Ärger angemessen war.

Miss Jacobs, Mrs. Williams und Miss Baines blieb dieses Theater innerhalb der Mauern von *Goode's* erspart, da nur sehr wenige Damen auf den Gedanken kamen, mit ihren Kindern im Schlepptau ein Cocktail- oder auch nur ein Tageskleid kaufen zu wollen. Auf dieser Etage herrschte *luxe, calme et volupté* mit hübschen rosa Lampen, rosig getönten Spiegeln, in denen man einfach nur wunderbar aussah, und feinstem grauem Teppich aus Axminster, der alle Geräusche schluckte.

So standen also um Punkt neun Uhr alle Angestellten in

Schwarz, bereit für den Tag, an ihren Ladentheken, als Miss Cartright in ihrem getupften Baumwollpiqué angerauscht kam. »Mädels!«, rief sie.

Wie sie das hassten! Man munkelte, sie wäre am Presbyterian Ladies' College Vertrauensschülerin gewesen, und das konnten sie sich nur zu gut vorstellen. Diese Arroganz! Da war sie nun. Und jetzt?

»Nächste Woche bekommen Sie eine unserer Aushilfen«, verkündete Miss Cartright mit strahlendem Lächeln. »Ich hoffe, Sie bereiten ihr einen herzlichen Empfang. Ich weiß, in dieser Abteilung arbeiten normalerweise keine Aushilfen, aber ich glaube, sie wird sich nützlich machen und auch Magda unterstützen können.«

O *Gooott.*

Ganz hinten in der Damenabteilung, noch hinter den Cocktailkleidern, wartete etwas ganz Besonderes, etwas ziemlich, ziemlich Wunderbares. Aber nicht für jeden. Das war der Punkt. Denn dort, ganz hinten, gab es einen eleganten Türbogen mit der verschnörkelten Aufschrift *Modellkleider.* Und hinter diesem Durchgang befand sich eine leuchtend rosa Zaubergrotte mit rüschenverzierten Lampen und ein paar eleganten, kleinen austerngrauen Brokat-Sofas. Die Wände waren gesäumt von prächtigen Mahagonischränken, in denen auf mit rosa Satin bezogenen Bügeln die aktuellen Modellkleider hingen, deren Fantasiepreise nur in Guineas angegeben waren.

Auf der einen Seite der Grotte stand ein kleiner Tisch im Stil Louis Seize nebst passendem Stuhl, wo die Damen Schecks ausschreiben oder Quittungen abzeichnen konnten, und auf jeder Seite befand sich ein großer Standspiegel, zwischen denen eine Kundin, die in einem der geräumigen und komfortablen Umkleideräume wirklich und wahrhaftig ein Modellkleid angezogen hatte, sich drehen und hin und her gehen konnte, um zu begutachten, welche Wirkung das Kleid in einem großen Raum haben würde, wo es schließlich präsentiert werden sollte. An der Decke hing ein Kronleuchter. Es fehlten nur noch eine überschäumende Flasche Veuve Clicquot und die tulpenförmigen Champagnergläser, ansonsten war die Grotte in jeder Hinsicht eine getreue Nachbildung der luxuriösen Räumlichkeiten, in denen die Kundinnen vermutlich ihr Leben verbrachten. Und die Python, die diese Grotte bewachte, war Magda.

Magda, die Üppige, Anmutige, Vollbusige, die hinreißend Gekleidete, Manikürte, Frisierte, war die überwältigendste, duftendste, schimmerndste und *gottverdammt* grässlichste Schlange in Frauengestalt, die Mrs. Williams, Miss Baines und wahrscheinlich sogar Miss Jacobs höchstselbst je gesehen oder sich auch nur vorgestellt hatten. *Magda* (niemand versuchte auch nur, ihren furchtbaren europäischen Namen korrekt auszusprechen) war schlichtweg eine schlimme Tatsache des Lebens, die man die meiste Zeit ignorierte. Doch wenn sie sich wirklich eine Aushilfe mit Magda teilen sollten, war ihnen allen klar, wer am meisten teilen würde: Magda würde sich aus ihrer rosa Grotte schlängeln, zu den Cocktailkleidern gleiten und ihnen die Aushilfe in der Minute wegschnappen, in der sie sich zum ersten Mal als nützlich erwies. Das war *Fakt*, denn Magda gehörte zu den Frauen, die immer bekamen, was sie wollten: Das wussten sie. Denn Magda war (Gott bewahre) eine *Europäerin.* Und sie waren nur froh, dass sie selbst keine waren.

Zumindest galt das für Mrs. Williams, sie war da sehr deutlich. *»Gooott«*, sagte sie. »Ich könnte es nicht *aushalten.*«

Miss Jacobs wirkte noch gekränkter als sonst, sogar leicht empört, als hätte sie eine Spinne in ihrer Teetasse entdeckt. Fay Baines hingegen fand Magda grässlich, einfach nur grässlich.

Doch zu Hause vor ihrem Spiegel fragte sie sich ernsthaft, welches Make-up Magda benutzte und wie sie es auftrug, denn diese Frau war mindestens vierzig, und sie sah – das musste man ihr lassen – umwerfend aus. Das zumindest musste man ihr lassen.

6

Als Lesley Miles zu ihrem Vorstellungsgespräch für die Stelle einer Aushilfsverkäuferin bei *Goode's* erschien, wurde ihr ein Formular gegeben, und das erste Wort, das sie dort äußerst sorgfältig und mit einer seltsamen Anmutung von etwas Gefährlichem eintrug, war »Lisa«.

Diesen Vornamen hatte sie sich vor mehreren Jahren ausgesucht. Ihren eigentlichen Namen hasste sie mehr, als sie sagen konnte, und sie hatte schon lange beschlossen, bei der ersten Gelegenheit einen anderen anzunehmen. Und nun war die erste Gelegenheit.

»Lisa Miles!«, ertönte eine Stimme. Lesley-Lisa sprang auf und folgte der Frau in den kleinen Raum, in dem die Vorstellungsgespräche geführt wurden.

»Nun, Lisa«, sagte die Frau – und Lesleys neues Leben als Lisa begann.

Wie einfach das war: Sie war überzeugt, sich ganz schnell daran zu gewöhnen. Sie setzte sich aufrecht hin, wie eine Lisa, und lächelte fröhlich. Jetzt würde es endlich losgehen.

Miss Cartright, die das Vorstellungsgespräch führte, betrachtete prüfend das vor ihr sitzende junge Mädchen: Man musste darauf achten, dass man hier bei *Goode's* den richtigen Typ einstellte, selbst wenn es sich nur um eine Aushilfe für das Weihnachtsgeschäft und die Verkaufswoche zu Neujahr handelte. Diese hier war zumindest intelligent: In ihrem

Formular stand, dass sie kurz vor den Abschlussprüfungen der höheren Schule stand. Aber was für ein Gesicht! Und was für eine Figur! Sie hatte den Körper und die Miene einer unreifen Fünfzehnjährigen: klein und dünn, ja sogar mager, mit krausen blonden Haaren und leuchtend unschuldigen Augen hinter einer rein zweckmäßigen Brille. Allerdings würde sie in dem schwarzen Kleid erwachsener wirken – ihre eigenen Kleider waren unmöglich, eindeutig selbst geschneidert und das nicht mal gut: ein bedrucktes Baumwollfähnchen mit schlecht eingesetzten Ärmeln und Peter-Pan-Kragen. Das arme Kind.

Lisa, die ihr rosa Kleid – ihr bestes – mit größter Sorgfalt gebügelt hatte und ihre hochhackigen Schuhe mit brandneuen Nylonstrümpfen trug, war zuversichtlich, dass ihre Erscheinung für eine Lisa so angemessen war, wie es die Umstände zuließen; sie saß eifrig lächelnd da und ahnte nicht das Geringste von Miss Cartrights Gedanken.

»Und was haben Sie sich vorgestellt, Lisa?«, fragte Miss Cartright. »Nach der Schule?«

»Ach, ich warte erst mal ab, wie meine Prüfungsergebnisse sind«, erklärte Lisa unbestimmt.

»Aber Sie wollen wohl nicht im Einzelhandel Karriere machen?«, erkundigte sich Miss Cartright.

»Oh nein!«, rief Lisa aus.

Miss Cartright lachte. »Ist schon gut, Lisa. Das passt auch nicht zu jedem. Doch solange Sie hier sind, erwarten wir von Ihnen, dass Sie hart arbeiten, und zwar so, *als ob* es eine Daueranstellung wäre. Ist das klar?«

»Aber *selbstverständlich*«, versicherte Lisa verkrampft. »*Natürlich* ist das klar. Ich werde sehr hart arbeiten.«

Und Miss Cartright beschloss, sie bei den Cocktailkleidern

unterzubringen, weil sie es ziemlich drollig fand, das Mädchen in einer solchen Abteilung zu sehen. Außerdem konnte sie Magda bei den Modellkleidern hin und wieder zur Hand gehen, denn obwohl sie noch so kindlich wirkte, war sie aufgeweckt und willig und mochte sich vielleicht, alles in allem, als ziemlich nützlich erweisen.

»Dann fangen Sie am ersten Montag im Dezember an«, erklärte sie der neuen Aushilfsverkäuferin, »und bekommen alle vierzehn Tage am Donnerstag Ihren Lohn. Aber jetzt gehen wir mal und kümmern uns um Ihr schwarzes Kleid.«

Erst jetzt wurde ihr klar, dass sich für dieses magere Kind wahrscheinlich kein passendes Kleid finden würde. Nun denn: Dann würde sie vielleicht hineinwachsen, wenn die Anspannung der Prüfung erst mal hinter ihr lag.

Lisa folgte ihr die Feuertreppe hinauf zur Personalankleide und war so entzückt angesichts der Vorstellung, Schwarz zu tragen, dass es sie nicht im Geringsten störte, ein mindestens eine Nummer zu großes Kleid anzuziehen, da sie nicht mal eine 34 ausfüllte. Sie hatte noch nie ein Kleid gehabt, das ihr wirklich gepasst hatte.

Die Vorstellungsgespräche für Aushilfen waren an einem Samstagnachmittag gewesen, nachdem *Goode's* – und jedes andere Geschäft in der Innenstadt – fürs Wochenende geschlossen hatte, und Lisa war genau zur Ladenschlusszeit gekommen, als es in den Straßen noch von Leuten wimmelte, die nach Hause, ins Kino oder ins Restaurant gingen. Als sie jetzt, eine gute Stunde später, aus dem Personaleingang ins Freie trat, war die Atmosphäre völlig verändert: Es war so menschenleer und still, dass man unwillkürlich an ein großes, schreckliches Unglück dachte, an die Heimsuchung durch eine furchtbare Plage oder gar den Todesengel selbst. Wie immer am Samstagnachmittag oder Sonntag in der Innenstadt. Während sie über die Pitt Street und den Martin Place ging, hallten ihre Schritte auf dem Straßenpflaster nach. Als sie an der Post vorbeikam, sah sie, wie eine Frau einen Brief aufgab, und in der George Street entdeckte sie in weiter Ferne einen Mann, der Richtung Circular Quay lief, ansonsten waren die Straßen ziemlich verwaist.

Sie durchschritt die düstere, geheimnisvolle Halle der Wynyard Station in Richtung Gleise, und als ihr Zug kam, standen nur drei weitere Fahrgäste auf dem Bahnsteig. An einem Samstagnachmittag war sie noch nie in der Stadt gewesen, und dieses Erlebnis im Anschluss an ihr erstes Vorstellungsgespräch für ihren ersten Job verlieh ihr ein Gefühl von schrecklicher Fremdheit und gleichzeitig gruseliger Vertrautheit. Denn Lisa glaubte, dass in ihr eine Dichterin steckte, und diese Erfahrung schien ihr eine zu sein, über die man gewiss ein Gedicht schreiben konnte, solange man diese Ahnung von einer veränderten Welt und sich selbst darin wachhalten konnte: eine Ahnung, die sie im Augenblick noch nicht in Worte fassen konnte.

Lisa, sagte sie zu sich, als der Zug über die Harbour Bridge ratterte. *Mein Name ist Lisa Miles.*

Das Gefühl der Fremdheit füllte sie immer noch ganz aus, als sie an die Tür des Hauses in Chatswood klopfte, wo sie mit ihren Eltern wohnte – und zu dem sie immer noch keinen Schlüssel hatte.

Ihre Mutter öffnete. »Hallo, Lesley!«, sagte sie.

In den wenigen Wochen zwischen dem Ende der Abschlussprüfungen und ihrem ersten Tag bei *Goode's* fuhr Lisa mit ihrer Mutter in die Blue Mountains, las *Zärtlich ist die Nacht* und einen Teil von *Anna Karenina*, ging zweimal ins Kino und stand wortlos und ungeduldig da, während ihre Mutter neue Kleider für sie absteckte.

»Steh still«, befahl sie. »Du willst doch hübsch aussehen, oder nicht? Es ist schließlich deine erste Stelle.«

»Ja, aber ich werde ein *schwarzes* Kleid tragen«, gab Lisa zurück. »Man wird mich in meinen eigenen Kleidern gar nicht sehen.«

»Doch, wenn du kommst und wenn du nach Hause gehst«, erwiderte ihre Mutter.

»Dann ist es doch nicht wichtig«, sagte Lisa.

»Es ist immer wichtig«, entgegnete Mrs. Miles.

»Tyger, Tyger, Flammenpracht, in der Wälder dunkler Nacht«, begann Lisa.

»Ach, du und dein Tiger«, bemerkte ihre Mutter. »Jetzt lenk mich nicht ab, sondern *steh still.*«

Lisa war Einzelkind, und wenn ihr Erscheinungsbild und ihr Benehmen ungewöhnlich wirkten, so schrieben Außenstehende das dieser Tatsache zu. Ihr Vater arbeitete als Schriftsetzer beim *Herald* und war nur selten zu Hause, da er normalerweise spätnachts heimkehrte, bis mittags schlief und dann auf ein Bier in den Pub ging und dort ein, zwei Stündchen blieb, bis es Zeit war, wieder zur Arbeit zu fahren. Am Samstag saß er größtenteils vor dem Radio, um sich die Rennen anzuhören, da er ein paar Wetten platziert hatte. Mrs. Miles hatte nicht die geringste Ahnung, wie hoch sein Gehalt war, und wäre fassungslos gewesen, hätte es ihr jemand verraten. Wenn sie auch noch gewusst hätte, wie viel davon in den Taschen inoffizieller Buchmacher landete, wäre sie glatt in Ohnmacht gefallen.

Sie hatte ihn noch nicht lange gekannt, als sie während des

Krieges heirateten: Er war ein gut aussehender Soldat bei einer Tanzveranstaltung gewesen, und als er nach einer kurzen Beziehung vorschlug, sich zusammenzutun, sah sie keinen Grund, das Angebot abzulehnen.

Bis dahin hatte sie ein ziemlich hartes Leben gehabt, denn sie war in eine Bäckerfamilie geboren worden und musste seit ihrem elften Lebensjahr nach der Schule ihren Eltern in der mehlbestäubten Backstube helfen. Sie lernte, wie man die kandierten Kirschen auf die Törtchen setzte, und wurde nach und nach in schwierigere Tätigkeiten eingewiesen, sodass sie, als sie fünfzehn war, fast alles wusste, was es über das Backen zu wissen gab.

Zu dieser Zeit ging sie von der Schule ab und arbeitete Vollzeit bei ihrer Familie. Dafür bekam sie einen lächerlich geringen Lohn und wohnte weiterhin bei ihren Eltern über dem Laden. Möglicherweise würde sie bis heute noch in Mehlstaub stecken, wäre nicht ihr Ted in seiner schicken Uniform gekommen. Kaum hatte er die abgelegt, sprach nicht mehr so viel für ihn. Aber so war das Leben, nicht wahr? Schließlich musste er sich damit abfinden, dass sie ihm keinen Sohn geschenkt hatte. Darüber wäre sie vielleicht genauso unglücklich gewesen, wenn ihre Lesley nicht ihr Ein und Alles gewesen wäre.

7

Am Sonntagabend vor dem ersten Montag im Dezember spielten Magda und Stefan noch bis spät in die Nacht Karten mit zwei Freunden. Als Magda die schmutzigen Gläser und vollen Aschengläser weggeräumt, das Wohnzimmer wieder hergestellt und ihre *démaquillage* hinter sich gebracht hatte, war es bereits nach zwei. Einen Moment stand sie da und blickte hinaus auf die Mosman Bay, dann seufzte sie und ging zu Bett.

Stefan las gerade noch eine Seite Nietzsche, wie er es jeden Abend zu tun pflegte. »Ah, Magda, geliebtes Weib«, bemerkte er und warf sein Buch beiseite, »die Arbeit einer Frau ist erst getan, wenn ich schon fast schlafe. Komm jetzt ins Bett.«

»In diesem Land gibt es kein Gesetz«, erwiderte Magda, »das Männern verbietet, ihren Frauen zu helfen, das Chaos zu beseitigen. Oder?«

»Doch, tatsächlich glaube ich, dass es eins gibt«, erwiderte Stefan.

»Wahrscheinlich hast du recht«, nickte Magda und kletterte ins Bett. Als sie endlich ihre Augen schloss, war es weit nach drei.

Als Folge davon sah sie, als sie am nächsten Morgen zu ihrer üblichen Zeit aufstand und in den Spiegel blickte, wirklich furchtbar aus und musste erst mal eine Viertelstunde mit hochgelagerten Beinen und zwei großen Gurkenscheiben auf den Augen auf dem Sofa liegen. Dann erhob sie sich mit einem tiefen Seufzer, aß einen Joghurt und machte sich fertig für die Arbeit.

Magda als Verantwortliche für die Modellkleider trug natürlich nicht das normale schwarze Dienstkleid von *Goode's*. Nein, in diesem Fall (und einigen anderen) war ein Kompromiss ausgehandelt worden, der besagte, dass Magda zwar Schwarz anhaben musste, aber ihre eigene Garderobe nehmen konnte. Sie hatte zu diesem Zweck eine Auswahl angemessener schwarzer Kleider und, wie sie es nannte, *Ensembles* gekauft, von denen etliche aufgelockert, wenn nicht gar verziert wurden mit Akzenten in Weiß – zum Beispiel in Form von Kragen, Manschetten oder beidem – oder gar in hellem Rosa bei einem Kostüm. All diese Kleidungsstücke hatte Magda geschickt in teuren kleinen Läden erworben, bei denen sie den von *Goode's* ausgehandelten Händlerrabatt einforderte.

»Als ich *Vendeuse* bei *Patou* war«, hatte Magda bemerkt, »trug ich nur *Patou*. Selbstverständlich.«

Das war eine faustdicke Lüge, denn sie hatte nie als *Vendeuse* bei *Patou* gearbeitet. Und doch wäre das durchaus denkbar gewesen – es war eine gute und zweckdienliche Geschichte, die ihr genauso wie alles andere, was sie zu sagen hatte, die Verantwortung für die Modellkleider eingebracht hatte.

»Diese Leute«, sagte Magda oft zu ihren europäischen Freunden, »wissen *gar nichts*.«

Daher ging Magda auch nicht in die Personalumkleide, um sich umzuziehen, sondern lediglich, um ihre Handtasche zu verstauen und sich frisch zu machen. In einer Wolke Mitsouko schritt sie an ihren niveaulosen Kolleginnen vorbei, puderte sich die Nase, ohne die spöttischen Blicke zu beachten, drehte sich dann um und schenkte ihnen ein strahlendes Lächeln.

»Was für ein wunderbarer Tag, nicht wahr?«, fragte sie. »Ich habe die Fahrt hierher heute Morgen sehr genossen. Wie glücklich wir uns schätzen können, an solch einem Ort zu leben.«

Damit verließ sie den Raum und ging vorbei an einem Fries von Gesichtern, die Verblüffung, Verständnislosigkeit und Verachtung zeigten: Reaktionen, die unbedingt geäußert werden mussten, kaum dass Magdas Schritte verklangen.

»Da bleibt mir die Spucke weg«, sagte Patty und verlieh damit den Gedanken aller ihre Stimme.

In genau diesem Augenblick erschien Lisa. Zögernd blieb sie auf der Türschwelle stehen, zart wie eine Fee, in einem zu weiten Rock und einer weißen Bluse, die aussah, als gehörte sie zu einer Schuluniform.

Patty Williams warf einen Blick zu ihr und sah Fay Baines fragend an. »Ja, wer ist denn da?«, bemerkte sie. »Suchst du jemanden«, rief sie, »oder hast du dich verlaufen? Hier ist Zutritt nur fürs Personal!«

»Bin ich auch«, erwiderte Lisa. »Ich gehöre zum Personal. Ich bin eine Aushilfe.«

»*Gooott*«, murmelte Patty zu Fay gewandt. Dann fragte sie Lisa: »Haben Sie ein Schließfach zugeteilt bekommen?«

Lisa nannte ihr die Nummer, die ihr gerade in der Personalabteilung gegeben worden war.

Patty starrte sie an. »Oh, das ist hier drüben.« Sie schwieg einen Moment. *»Gooott«,* sagte sie dann erneut zu Fay. »Das muss unsere neue Aushilfe sein. Jetzt kann mich gar nichts mehr schocken. Dann kommen Sie, ziehen Sie sich um«, rief sie. »Wir müssen hinunter. Hier gibt's kein Getrödel, wissen Sie?«, fügte sie streng hinzu.

Es war schon wunderbar, wie selbstbewusst Patty sein

konnte, wenn sie keine ernsthafte Gegenwehr zu befürchten hatte, und in den nächsten Wochen sorgte sie dafür, dass Lisas Arbeitszeit so hektisch wie möglich war.

Eigentlich war Miss Jacobs die Dienstälteste und damit genau betrachtet auch die Einzige, die berechtigt war, Lisa auf die Sprünge zu helfen oder zumindest dafür zu sorgen, dass sie die Abläufe kennenlernte und sich nützlich machte. Aber da Weihnachten und Silvester mit all den Feiern nahte und folglich die Cocktailkleider schneller von den Stangen gerissen wurden und in den Ankleidekabinen verschwanden, als man »›Piep‹ sagen konnte, hatte Miss Jacobs alle Hände voll damit zu tun, die Änderungen abzustecken. Also hatte Patty quasi freie Hand, ihre Macht auszuüben, und fand sich sehr schnell und gründlich in diese Rolle ein.

»Sie haben also gerade die Schule verlassen, Lisa?«, fragte sie. »Mittleren Abschluss, wie? Haben Sie den geschafft?«

»Ich war auf der höheren Schule«, erwiderte Lisa.

»Ach!« Patty klang entsetzt. »Auf der *höheren Schule!* Nun. Ich dachte, Sie wären erst fünfzehn oder so. Auf der höheren Schule!« Ungläubig sah Patty das *Wunderkind* an. »Dann wollen Sie wohl Lehrerin werden, oder?«, fragte sie.

»Oh nein, ich glaube nicht«, antwortete Lisa. »Ich möchte«, fuhr sie in dem Glauben fort, sie wäre verpflichtet, ganz ehrlich ihre Absichten zu erklären, »Dichterin werden. Glaube ich«, fügte sie hinzu und verstummte dann angesichts der furchtbaren Wirkung ihres Geständnisses.

»Dichterin!«, rief Patty aus. »Du liebe Güte, eine Dichterin!« Sie wandte sich zu Fay, die gerade eine Quittung aufspießte. »Hast du das gehört?«, fragte sie. »Lisa hier wird *eine Dichterin* werden!« Sie grinste hämisch.

»Nein, ich meinte«, haspelte das verwirrte Mädchen, »ich

würde gerne versuchen, Dichterin zu werden. Oder vielleicht Schauspielerin«, setzte sie zaghaft hinzu, um von der Dichterin abzulenken.

»Schauspielerin!«, rief Patty aus. »Sie will *Schauspielerin* werden!«

Sofort erkannte Lisa, dass sie ihren ursprünglichen Fehler nur noch größer gemacht hatte und jetzt zum Ziel offenen Spotts geworden war. Mit ihrem schwarzen Dienstkleid und der praktischen Brille sah sie so dünn und kindlich aus, war so weit entfernt von dem üblichen Erscheinungsbild einer Schauspielerin, dass beide Frauen in Gelächter ausbrachen. Hilflos stand Lisa vor ihnen und wurde rot. Ihr kamen sogar die Tränen.

Fay fasste sich als Erste. Sie erinnerte sich noch zu gut an ihre eigenen Bestrebungen, auf der Bühne zu stehen, sodass ihre Belustigung rasch versiegte. »Es ist sehr schwer, zum Theater zu kommen«, sagte sie freundlich. »Dazu müssen Sie die richtigen Leute kennen. Kennen Sie jemanden?«

»Nein«, erwiderte Lisa kleinlaut. Doch dann hatte sie plötzlich eine wunderbare Eingebung. »*Noch nicht*«, ergänzte sie.

Miss Jacobs hatte diese Unterhaltung unbemerkt mitgehört; sie stand ein paar Meter von der Gruppe entfernt und füllte einen Änderungsvordruck aus. Nun drehte sie sich um. »Da hat sie recht«, bemerkte sie. »Sie ist noch jung, also kennt sie *noch* niemanden. Sie ist doch noch ein ganz junges Ding.« Dann wandte sie sich von den verblüfften Frauen ab, die sie gerade zum Schweigen gebracht hatte, und ging langsam zu einer Stange mit Cocktailkleidern in der Nähe, die neu der Größe nach geordnet werden mussten.

»Ich glaube, hier sind ein paar Kleider durcheinandergeraten«, sagte sie an Lisa gewandt. »Würden Sie sich das wohl mal anschauen, Lisa, und sie in die richtige Reihenfolge bringen? Das wäre sehr nett von Ihnen.«

Lisa prüfte die Größenangaben auf den Schildchen der Cocktailkleider: 34, 36, 38, 40 und 42 (diese Größe gab es nur zweimal), und brachte sie, wo nötig, in die richtige Ordnung, wobei sie auf ihr in schwierigen Situationen bewährtes *Vademecum* zurückgriff: »Tyger! Tyger! Flammenpracht«, sagte sie kaum hörbar zu sich, »in der Wälder dunkler Nacht.«

Sie war gerade bei »furchtbar Hand und Fuß ersann«, als eine Kundin, die sie nicht bemerkt hatte, sie unterbrach. Sie hielt ein schwarz-pinkes Etuikleid in die Höhe. »Haben Sie dies hier auch in 40?«, fragte sie. »Ich habe es nur in 36 gefunden.«

»Einen Moment, bitte«, erwiderte Lisa, »ich frage mal im Lager nach. Es tut mir leid«, fügte sie hinzu, wie Patty es ihr beigebracht hatte, »dass Sie warten müssen.«

Hat vollbracht er's und gelacht, sowohl Lamm wie Dich gemacht?

Der Tyger war in Lisas Leben getreten, als sie noch Lesley gewesen war, drei Jahre zuvor, zu Beginn des Abschlussjahrs der Mittelschule. Zerbrechlich, offensichtlich einsam, seltsam entrückt, unbemerkt von den Lehrern und vom Schulischen her eher mittelmäßig, hatte sie ganz hinten im Klassenraum gesessen und war in den Pausen mit dem Hintergrund verschmolzen. Ihre einzigen Gefährtinnen waren zwei andere Außenseiterinnen gewesen: ein sehr dickes Mädchen und eins mit einer Hautkrankheit – Mädchen, die alles noch vor sich hatten und dennoch keine Möglichkeiten; Mädchen, die sich so gut wie möglich einen Weg durchs Labyrinth suchen mussten.

Wie das dicke und das picklige Mädchen diese Aufgabe bewältigten, wissen wir nicht. Lisa jedenfalls entdeckte eine

Möglichkeit in einer Gedichtsammlung, die ihr eines Tages in der Schulbibliothek in die Hände fiel – und das buchstäblich, denn das Buch kippte vom Regal, als sie ein ganz anderes suchte, und da es sich im Fallen öffnete, landete ihr Blick unwillkürlich auf der rechten Seite, wo sie das Wort ›Tyger‹ sah. Nachdem sich dies zugetragen hatte, folgte der Rest wie von selbst, denn keine einigermaßen aufgeweckte Vierzehnjährige kann das Wort ›Tyger‹ so verlockend merkwürdig geschrieben sehen, ohne weiter nachzuforschen. Und als Lisa das tat, öffnete sich die Welt der Poesie vor ihr. Schon bald konnte sie das Gedicht auswendig, und in den darauffolgenden Wochen sann sie über dessen Bedeutung und sogar über die Stilmittel nach. Und als ihre Klasse ein paar Monate später irgendein Gedicht in englischer Sprache auswählen sollte, um darüber einen Aufsatz zu schreiben, war Lisa in der Lage, ziemlich viel über Blakes Meisterstück zu schreiben, und tat das auch.

In Folge davon fragte ihre Englischlehrerin sie, ob sie in der Klasse nicht weiter vorn sitzen wollte. Möglicherweise hatte das Mädchen so schlechte Augen, dachte sie, dass es nicht so weit von der Tafel entfernt sein sollte. Lisa wurde an einen Tisch in der zweiten Reihe platziert und machte dort weiter, wo sie angefangen hatte, denn nun hatte Miss Phipps Blut geleckt.

»Erstklassige Voraussetzungen als Akademikerin«, erklärte sie im Lehrerzimmer. »Ich wusste nicht, was in ihr steckt. Aber eindeutig erstklassige Voraussetzungen.«

Da es das Hauptziel jeder Lehrerin und jedes Lehrers ist, so viele erstklassige Ergebnisse in den Abschlussprüfungen hervorzubringen wie menschenmöglich, war Lisa nun, ohne es zu wissen, eine Auserwählte. Wie so oft steigerten sich ihre Leistungen durch die Aufmerksamkeit und (sanfte) Ermutigung, die sie zum ersten Mal bekam, und sie verbesserte sich in allen Fächern. Im Abschlussjahr der höheren Schule hielt sie sich stetig bei den guten, wenn auch nicht sehr guten Schülern: den Kandidaten also, die zwar keine spektakulären, aber sehr solide Ergebnisse erzielen und höchstwahrscheinlich ein Commonwealth-Stipendium bekommen würden.

Allerdings war es nicht ganz unproblematisch gewesen, den Antrag dafür auszufüllen.

»Also, ich weiß nicht, Lesley«, sagte ihre Mutter. »Wirklich? *Studieren?* Da müssen wir erst mal hören, was dein Dad dazu sagt. Schließlich muss er es unterschreiben.«

Es gelang ihnen, ihn darauf anzusprechen, als er eines Abends gerade zu seiner Arbeit beim *Herald* gehen wollte.

»Meine Tochter wird auf keinen Fall in die Nähe dieser Anstalt für Blaustrümpfe kommen«, befand er. »Und das ist mein letztes Wort.«

Am Ende der darauffolgenden Woche erklärte er sich einverstanden, seine Unterschrift unter den Antrag zu setzen, aber nur unter der Bedingung, dass, wenn seine Tochter tatsächlich durch pures Glück ein Stipendium bekommen sollte, sie es auf gar keinen Fall annehmen würde.

»Eigentlich ist es doch nur für die Schule«, beschwichtigte Mrs. Miles ihn. »Die Schule verlangt das von ihr. Es ist gut für ihren Ruf.«

»Tja«, gab E. Miles, der Schriftsetzer, zurück. »Ich wollte sie sowieso nicht auf dieser Schule haben. Ist voller eingebildeter Fatzkes.«

Es ging ihm gegen den Strich, dass die fragliche Lehranstalt, eine staatliche Highschool, nur Kinder mit einem gewissen Grad an Intelligenz aufnahm. Mrs. Miles' Entzücken, als ihre Lesley mit elf dort angenommen worden war, war eine der vielen Freuden des Elternseins, die sie leider nicht mit ihrem Partner hatte teilen können. Mittlerweile waren fünf Jahre mit stillen Abenden vergangen, an denen Lesley im Licht der Küchenlampe am Tisch saß und ihre immer aufwendigeren Hausaufgaben erledigte, während ihre Mutter im Korbstuhl daneben strickte, nähte oder die *Women's Weekly* las und dabei heimlich vor Stolz glühte. Ihr Mädchen: eine Gelehrte!

8

Am Ende ihrer ersten Woche als Aushilfsverkäuferin bei *Goode's* wirkte Lisa zerbrechlicher denn je, und ihr schwarzes Kleid sah aus, als wäre es nicht nur eine, sondern eher zwei Nummern zu groß. *Du liebe Zeit*, dachte Miss Cartright, als sie bei den Cocktailkleidern vorbeischaute, *dieses Kind sieht ja halb verhungert aus. Das geht doch nicht!*

»Hatten Sie schon Ihre Mittagspause?«, erkundigte sie sich später am Tag.

»Oh ja, danke«, antwortete das Kind.

»Dann achten Sie darauf, dass Sie auch etwas Anständiges essen«, sagte Miss Cartright streng. »Für die Arbeit hier brauchen Sie viel Kraft. Deshalb bezuschussen wir auch die Personalkantine, wissen Sie, um dafür zu sorgen, dass wirklich alle gut gestärkt sind. Achten Sie also darauf, jeden Tag ein richtiges Mittagessen zu sich zu nehmen, Lisa.«

»Selbstverständlich«, nickte Lisa.

»Lesley«, sagte ihre Mutter. »Ich möchte nicht, dass du regelmäßig in der Kantine isst. Das Essen ist sicher nicht gut für dich: Man weiß nicht, woher es kommt und wer es zubereitet hat. Außerdem kann es gar nicht frisch sein. Ich werde dir ein paar schöne Sandwichs mitgeben.«

Ihre Tochter protestierte nicht, denn obwohl ihr die bunten Salate und die zitternden Wackelpuddings mit ihren winzigen Sahnerosetten gefallen hatten, fand sie die Kantine selbst und ihre Gäste melancholisch, und zwar nicht auf poetische Weise. Bis zum Ende ihrer ersten Woche hatte sie sich angewöhnt, in der Pause die Feuertreppe hinauf zur Personalumkleide zu rennen, in ihre eigenen Sachen zu schlüpfen, sich ihre Sandwichs und ein Buch zu schnappen, über dieselbe Treppe wieder nach unten zu rasen, ins Freie, die Market Street entlang und über die Elizabeth Street – wenn die Autos, Taxis und Straßenbahnen es zuließen –, um dann eine Dreiviertelstunde lang das üppige Grün des Hyde Park zu genießen.

Mittlerweile war es unablässig unerträglich heiß, und sie entdeckte, dass der Sprühnebel der Archibald Fountain ihr eine herrliche Abkühlung bescherte, wenn sie sich je nach Windrichtung auf die eine oder andere Seite setzte. Während sie dort am Rand des Brunnens saß, den Bauch gefüllt mit gesunden Wurst- oder Käsesandwichs und mit den Gedanken bei der herzzerreißenden Geschichte von Anna Karenina, empfand sie staunend eine Seligkeit, die zu einem großen Teil der neuen Erfahrung geschuldet war, allein zu sein und zu handeln: dem wunderbaren Erlebnis glücklicher Einsamkeit.

Als sie am Freitag ihrer ersten Arbeitswoche so dasaß, mit feuchter Bluse von dem Sprühnebel des Brunnens und kurz davor, wieder zurückzuhasten und ins schwarze Kleid zu schlüpfen, da kam Magda vorbei und grüßte sie, weil sie Lisa schon durch den ominösen Türbogen zu den Modellkleidern gesehen hatte. »Ah, Lisa, glaube ich, oder nicht? Mein Name ist Magda. Zweifellos werden Sie mich schon bei den Modellkleidern gesehen haben. Bei *Goode's*, wohin wir jetzt«, Magda warf einen Blick auf ihre diamantene Uhr, »wohl zurückkehren müssen.«

»Oh ja, danke«, stotterte Lisa verwirrt.

Als sie aufstand, musterte Magda sie und registrierte Buch und Sandwichpapier. Was war das nur für ein winziges, halb fertiges Wesen, das man ihr da als Hilfe für ihre Modellkleider angeboten hatte. Als ob sie Hilfe bräuchte! Andererseits … Wenn sie es recht bedachte, konnte sich das Mädchen bei ein, zwei lästigen kleinen Aufgaben als nützlich erweisen. Und wenn sie Lisa eine Zeit lang von den Cocktailkleidern abrufen konnte, würde es die stutenbissigen Weiber, für die die Kleine gerade arbeiten musste, ganz schön ärgern. Also würde sie das tun, und zwar bald.

»Die liebe Miss Cartright – sie ist so elegant, finden Sie nicht? Sie hat wirklich Stil, im Gegensatz zu vielen Frauen, die ich hier sehe.« An dieser Stelle umfasste Magda mit ihrem schimmernden Blick einen Umkreis von hundert Metern und seufzte resigniert. »Sie hat mir erzählt, ich könnte in den nächsten Wochen auf Ihre zweifellos ausgezeichneten Dienste zurückgreifen, wenn das Weihnachtsgeschäft noch an Fahrt aufnimmt. Habe ich recht?«

»Nun ja«, sagte Lisa. »Ich glaube, sie hat gesagt, ich müsste Ihnen auch manchmal helfen.«

»Ja, also dann planen wir das mal nächste Woche ein«, sagte Magda zufrieden. »Aber ich frage mich, wieso Ihr Rücken nass ist. Haben Sie geschwitzt?«

»Oh nein!«, rief Lisa aus. »Ich habe am Brunnen gesessen – das kommt vom Sprühnebel.«

»Sie dummes Mädchen«, schalt Magda sie. »Wissen Sie nicht, wie gefährlich es ist, bei solcher Hitze an einem Brunnen zu sitzen? Mein Gott. Wenn Sie so weitermachen, werden Sie noch *la grippe* bekommen. Außerdem sind feuchte Kleider sehr unelegant. Bitte machen Sie so was nicht noch mal. Die Feuchtigkeit bekommt auch Ihrem Haar nicht«, fügte sie hinzu und beäugte es kritisch. Sie fragte sich, ob sie Lisa überreden konnte, zu Raoul zu gehen. Er war der Einzige in der ganzen Stadt oder gar im ganzen Land, der solche Haare anständig schneiden konnte. Ach, die Leute hier wussten *gar nichts.* Und dieses Kind, mein Gott, wusste sogar noch weniger.

Sie hatten den Personaleingang erreicht, und Lisa nahm die Beine in die Hand und rannte die Feuertreppe hinauf. Magda schaute ihr nach und machte sich langsamer und ziemlich zufrieden mit sich auf den kürzeren Weg zu ihrer Abteilung. Dabei stellte sie ein paar Kalkulationen im Kopf an und vergewisserte sich so, dass sie und Stefan bei ihrem Gehalt bis zum Ende des nächsten Jahres genug Kapital beiseitegelegt haben würden, um einen Laden auf der Macleay Street oder sogar in Double Bay zu mieten. Denn Magda beabsichtigte, in absehbarer Zeit ihr eigenes, äußerst exklusives und exorbitant teures Modegeschäft zu besitzen. Und dann konnten die Modellkleider zur Hölle fahren.

9

Am zweiten Montag im Dezember saßen Patty Williams und Fay Baines an einem Tisch in der Kantine bei *Goode's*. Normalerweise hatten sie nicht zur selben Zeit Mittagspause, aber Lisa half ja nun aus, und in der Abteilung war zur Mittagszeit kaum etwas los. Offenbar zogen die Damen, die ein Cocktailkleid kaufen wollten, dazu entweder den Vormittag vor oder erledigten es, ziemlich eilig, deutlich später. Also saßen sie hier. Allerdings kam Patty dieses Arrangement gelegener als Fay, wie jeder aufmerksame Beobachter bemerkt hätte, denn ihm wäre auch aufgefallen, dass Fays Make-up eine sehr deprimierende Tatsache übertünchte: Ihre müden Augen ließen auf Schlaflosigkeit schließen und ihre Blässe auf Niedergeschlagenheit.

»Probierst du gerade ein neues Gesichtspuder?«, fragte Patty. »Es sieht heller aus als dein normales. Ich persönlich benutze immer das gleiche. Hab es seit meinem Schulabschluss nicht mehr gewechselt. Obwohl Frank es sicher nicht bemerken würde«, fügte sie lakonisch hinzu. »Er würde es nicht mal mitkriegen, wenn ich mein Gesicht grün anmalte. Der nicht. Ach ja.« Sie schürzte die Lippen, weil ihr plötzlich einfiel, dass sie so was zu *Fay* gar nicht hatte sagen wollen. »Das Problem mit Frank ist«, fuhr sie munterer fort, »dass er einen neuen Boss hat, mit dem er nicht zurechtkommt. Er hält ihn für eingebildet.«

Das war in der Tat ein Problem, und zwar ein so großes, dass Frank beim Steakessen am Freitagabend zuvor – am Ende der ersten Woche unter der neuen Führung der Verkaufsabteilung von *Wonda Tiles* – ganze drei Sätze geäußert hatte, um seine Beurteilung abzugeben. »Der neue Boss ist ein schleimiger Bastard«, hatte er gesagt. »Er meint, ihm gehört der Laden. Für wen hält der sich eigentlich?«

Eigentlich war es etwas ganz Spezielles, was Frank an seinem neuen Chef auf die Nerven ging, aber das erwähnte er Patty gegenüber mit keinem Wort, auch weil er es sich selbst noch nicht richtig eingestanden hatte. Es war etwas, was ihn irritierte und immer mehr erzürnte, ohne dass er in der Lage gewesen wäre, es wirklich und zur Gänze zu begreifen.

Der neue Boss hatte doch tatsächlich auf seinen Schreibtisch ein großes, gerahmtes Foto von seinen Söhnen gestellt – zwei grässlich mickrige Bengel zwischen acht und zehn, hätte Frank gesagt, wäre er gefragt worden. Auf seinen Schreibtisch, bei *Wonda Tiles*! Und sobald sich die Gelegenheit bot, zeigte der neue Boss es seinen Untergebenen. »Das sind meine beiden Söhne«, erklärte er dann, fast platzend vor Stolz. »Kevin und Brian.« Und dabei grinste er breit und dümmlich.

»Äh, sehr nett«, sagten Franks Kollegen.

»Oh. Ja«, nickte Frank.

Als wäre das noch nicht schlimm genug, hatte der Bastard am Freitagabend im Pub schon wieder damit angefangen. Und Frank wollte tot umfallen, wenn die anderen nicht ebenfalls Bemerkungen über ihre eigenen Söhne und sogar Töchter beigesteuert hatten. Die ganze Zeit ging das so. Plötzlich prahlten alle mit ihren Gören. Und das war allein die Schuld von diesem dämlich gefühlsduseligen Boss. Frank trollte sich in ziemlich schlechter Laune nach Hause, und als er am Samstag Golf spielte, war sein Handicap zum Teufel.

»Tja, wie auch immer«, schloss Patty. »Er kann ihn nicht leiden. Ich weiß nicht. Wir kriegen eben nicht immer, was wir wollen, oder? Ich hab ihm gesagt, er sollte mal versuchen, auch nur eine Woche unter Miss Cartright zu arbeiten. Dann würde er schon sehen!«

Nachdem sie so das Gespräch wieder auf vertrautes Terrain gelenkt hatte, blickte sie Fay erneut an. »Liegt das am Puder oder an dir?«, fragte sie. »Du sieht ein bisschen käsig aus. Geht es dir gut?« Dann kam ihr ein aufregender und gleichzeitig schrecklicher Gedanke: Konnte Fay unpässlich sein? *War Fay etwa schwanger?* Sie aß kaum was, hatte den Salat vor ihr gar nicht angerührt.

Fay schaute leicht abwesend auf. Sie war mit den Gedanken woanders gewesen. »Ja, mir geht's gut«, murmelte sie. »Ich bin gestern nur spät nach Hause gekommen und hab nicht genug Schlaf gekriegt.«

Ach wirklich, dachte Patty.

Pattys Spekulationen waren wie üblich eine grotesk verzerrte Version der Realität. Tatsache war, dass Fay am Samstagabend eine verstörende Erfahrung gemacht hatte. Sie war auf einer Party gewesen, die einer von Myras Bekannten in einer Wohnung in Potts Point gegeben hatte. Und aus heiterem Himmel, ohne jeden Grund, war ihr kurz vor Mitternacht bewusst geworden, dass sie ihre Zeit verschwendete: dass sie irgendwie jeden einzelnen der anwesenden Männer schon mal getroffen hatte, auf jeder der Partys, die sie besucht hatte, und dass sie dieses ganze sinnlose Karussell satthatte. Doch was noch schlimmer, viel, viel schlimmer, war: dass es kein anderes Karussell gab, wo sie aufspringen konnte.

Offenbar war sie zu diesem einen verdammt, ob es ihr gefiel oder nicht. Und mit einem Mal gefiel es ihr nicht mehr, aber es gab nichts, was sie dagegen tun konnte – sie musste es immer wieder versuchen, bis sie sterben würde, hatte sie verzweifelt gedacht, als sie auf dem Rücksitz eines fremden Wagens nach Hause fuhr.

Trotzdem hatte sie sich am Vorabend auf ein paar Drinks mit einem Mann von der Party getroffen, mit dem sie sich dort verabredet hatte, und einen weiteren fruchtlosen Abend damit verbracht, an der Bar des Hotels Rex Konversation mit Mr. Wrong zu betreiben. Und heute, jetzt, fühlte sie sich völlig ausgelaugt. Das war alles.

»Ich muss einfach mal eine Mütze voll Schlaf bekommen«, sagte sie zu Patty.

»Tja, dann«, meinte Patty, blickte sich in der Kantine um und sah Paula Price, mit der sie früher in der Kinderabteilung gearbeitet hatte, die sich aber bei *Goode's* so gut gemacht hatte, dass man ihr eine höhere Position in der Lingerie-Abteilung angeboten hatte.

»Wenn du entschuldigst«, sagte sie zu Fay, »dann gehe ich kurz rüber und plaudere ein bisschen mit Paula. Ich hab sie schon länger nicht mehr gesehen.«

Das Ergebnis dieses Plauschs war, dass Patty erst nach einem kleinen Umweg über die Lingerie-Abteilung in der ersten Etage zu den Cocktailkleidern zurückkehrte, weil Paula ihr ein paar *göttliche* Nachthemden zeigen wollte, die gerade hereingekommen waren.

Die Nachthemden waren aus einem neuen, verbesserten englischen Nylon, der, wie Paula Patty versicherte, *atmete*, und in drei verschiedenen Stilen und Farben, und aus irgendeinem Grund – vielleicht ganz einfach, weil es der richtige Zeitpunkt war – hatte sich Patty unerwartet direkt in ein ganz spezielles Modell verliebt. Als Patty – die dünne, strohfarbene ungeliebte Patty – das schwarze Nachthemd sah, mit dem leicht gerafften, mit Rüschen gesäumten Rock, dem gekreuzten Mieder und den mit schwarzer Spitze verzierten Flügelärmeln, durch die ein hellrosa Satinband gefädelt war, da war es um sie geschehen, und ohne auch nur eine Sekunde zu zögern, wanderte ihre Hand zum Portemonnaie in ihrer Tasche. »Leg es mir zurück«, sagte sie zu Paula. »Ich hole es am nächsten Zahltag ab.«

Schließlich war es mit dem Angestelltenrabatt gar nicht so teuer, außerdem brauchte sie ein neues Nachthemd. Wann schließlich hatte sie sich das letzte Mal eins gekauft? Auf dem Weg nach oben zu den Cocktailkleidern sah sie sich auch die Badeanzüge an, verschob die aber auf ein anderes Mal. *Ich will doch nicht völlig durchdrehen*, dachte sie.

10

Fay Baines und ihre Freundin Myra Parker saßen in einer Nische bei Repins und aßen getoastete Sandwichs, denn sie wollten in eine Fünfuhrvorstellung, und da der Film erst nach ihrer üblichen Abendessenszeit enden würde, mussten sie, wie Myra erklärte, etwas Anständiges in den Magen bekommen, sonst würden sie sich die Figur mit Eis und Schokolade ruinieren, um während des Films nicht zu verhungern. Auf derartige Vorausschau konnte man sich bei Myra immer verlassen.

Myra war ein viel helleres Köpfchen als Fay. Sie hatte eine Begabung dafür, die Dinge des Lebens zu regeln. Mittlerweile arbeitete sie als Empfangsdame in einem Nachtclub und bekam einen beträchtlichen Garderobezuschuss. Fays Angestelltenrabatt nutzte sie trotzdem nicht, da die Abendkleider bei *Goode's* ihrer Meinung nach für ihre Arbeit unpassend waren. »Ich brauche was Glamouröseres«, hatte sie Fay erklärt. »Also schaue ich mal in der Strand Arcade oder im Piccadilly-Center.«

Es war der Samstag nach dem trüben Montag, als Fay in der Kantine vor ihrem Salat gehockt und auf Patty Williams einen so schlechten (aber interessanten) Eindruck gemacht hatte, und sie war immer noch nicht ganz die Alte, obwohl sie seitdem mehrere Nächte gut geschlafen hatte.

Myra schenkte sich eine zweite Tasse Tee aus der schweren,

kleinen versilberten Kanne ein. Sie lehnte sich behaglich auf ihrer Bank zurück, zündete sich eine Zigarette an und betrachtete Fay prüfend, während sie den Rauch ausatmete. »Honey«, sagte sie – auf der Arbeit lernte Myra ziemlich viele Amerikaner kennen –, »Honey, du gefällst mir heute gar nicht. Du wirkst nicht so hübsch und munter wie sonst. Ist irgendwas?«

Fay starrte auf ihren Teller. Was sollte sie sagen?

»Wahrscheinlich ist es nur das neue Gesichtspuder«, versuchte sie es. »Ich glaube, das macht mich blass.«

»Dann benutz es lieber nicht mehr«, erwiderte Myra. »Du willst doch nicht *blass* wirken. Du kannst meins nehmen, wenn wir auf die Toilette gehen. Schließlich willst du dich später doch von deiner besten Seite zeigen, nicht wahr?« Myra lächelte listig und stieß erneut Zigarettenrauch aus. Sie spielte auf eine Einladung zum Essen mit zwei Männern an, die sie im Nachtclub kennengelernt hatte.

»Ich bringe meine Freundin mit«, hatte sie gesagt, als sie eingeladen wurde. »Mit ihr kann man Pferde stehlen – aber sie ist ein richtig nettes Mädchen, also braucht ihr gar nicht auf dumme Gedanken zu kommen, Jungs. Fay ist ein *nettes* Mädchen. Genau wie ich übrigens, falls ihr es noch nicht bemerkt haben solltet.«

»Genau deshalb wollen wir ja mit dir ausgehen«, hatte der Extrovertiertere der beiden gesagt, »stimmt doch, oder?«, und seinen Freund in die Seite gestoßen.

»Ja, ja, ganz genau«, hatte der andere eilig bestätigt.

»Dann treffen wir uns um halb neun in King's Cross, bei Lindy's«, hatte Myra gesagt. »Und lasst uns nicht warten.«

»Wie könnten wir?! Punkt halb neun!«

Fay sank das Herz. Mit solchen Männern, die sich in den wesentlichen Punkten doch alle ähnelten, hatte sie ihr ganzes

Erwachsenenleben zu tun gehabt. Sie hatte auf ihre Kosten gegessen und Gin mit Limone getrunken und in ihren Armen getanzt. Sie hatte ihre Avancen abgewehrt oder ihnen manchmal nachgegeben. Diesen Weg war sie bis zum bitteren und nun staubigen Ende gegangen, und jetzt wollte sie einfach nicht mehr. Dennoch war es unmöglich gewesen, diese Verabredung abzusagen: Myra hätte sie für verrückt gehalten.

»Aber ja«, erwiderte sie also. »Man kann nie wissen. Vielleicht ist er ja der, auf den ich gewartet habe. Ist er groß?«

Myra dachte an den weniger attraktiven der beiden Männer, denn den anderen hatte sie für sich reserviert. »Nicht besonders«, antwortete sie, »doch klein ist er auch nicht. Einfach mittelgroß. Aber hör mal«, fügte sie rasch hinzu, »ich glaube, er ist reich. Ich meine eine goldene Uhr an seinem Handgelenk gesehen zu haben. Du wirst ihn bestimmt mögen. Ich glaube, er ist dein Typ. Warten wir's ab!«

»Ja, ist gut«, nickte Fay und spürte, wie so etwas wie Hoffnung und Mut in ihrem traurigen Herzen aufflackerten. »Ich warte es ab.«

»So ist es recht«, sagte Myra.

11

Lisa und ihre Mutter gingen am Samstagabend ebenfalls ins Kino. Das machten sie normalerweise jeden Samstag. Manchmal begleitete sie Lisas Vater, je nachdem.

»Schauen wir mal, ob dein Dad mitwill«, sagte Mrs. Miles etwa eine halbe Stunde vor seiner üblichen Rückkehr von der Rennbahn, wo er den Nachmittag und Gott weiß wie viel von seinem Lohn vergeudet hatte.

Mrs. Miles wischte noch einmal mit dem Schwamm über die Arbeitsflächen der Küche und spülte ihn aus.

Lisa saß am Tisch.

»Ich hoffe, die Arbeit wird dir nicht zu viel, Lesley«, bemerkte ihre Mutter und sah sie prüfend an. »Eigentlich hatte ich gehofft, du würdest ein bisschen zunehmen, wo du doch die Prüfungen hinter dir hast.«

»Schon gut, Mum«, erwiderte Lisa. »Mir geht's gut. Ich werde im neuen Jahr zunehmen, nach dem Job. Dann bleibe ich den ganzen Tag zu Hause, lese nur und nehme zu.«

»Braves Mädchen«, sagte Mrs. Miles. »Ich kaufe dir Schokolade, damit geht's besser.«

»Oh, danke, Mum«, nickte Lisa.

Lisa und ihre Mutter hatten ein Geheimnis, über das sie sich nur mit ganz wenigen Worten und Blicken verständigten: Ein heimlicher, revolutionärer Plan war irgendwie zwischen ihnen entstanden, der besagte, dass Lisa, sollte sie tatsächlich ein Commonwealth-Stipendium für die Studiengebühren bekommen, irgendwie und trotz des Verdiktes ihres Vaters im nächsten Semester die Universität von Sydney besuchen würde. Hin und wieder dachten beide gleichzeitig an ihr Geheimnis: Dann schien es wie eine unsichtbare rosa Wolke mit glühenden Rändern über ihren Köpfen zu schweben, zu schön, um darauf zu zeigen, zu zart, um es auch nur zu benennen. Jetzt gerade war es so weit, und jede von ihnen stellte sich vor, wie Lesley/Lisa als Erstsemester zunahm. Allerdings mussten sie zunächst – und zwar ebenfalls heimlich, still und leise – die Wartezeit bis zur Verkündung der Prüfungsergebnisse ertragen, von denen alles abhing. Diese Qual würde noch drei Wochen andauern.

»Da kommt dein Dad«, sagte Mrs. Miles. »Hören wir mal, was er vorhat.«

Und da war er: Auftritt des Familienoberhauptes.

»Hallo, ihr beiden«, sagte er.

Einen Kuss gab er ihnen nicht. Er stand auf der Türschwelle, wirkte ziemlich selbstzufrieden und das mit Recht: Seine Taschen waren voller Fünfpfundscheine.

»Hattest du einen schönen Tag, Ed?«, fragte Mrs. Miles und meinte damit: *Hat es dir auf der Rennbahn gefallen?*

»Er war nicht schlecht, gar nicht so schlecht«, antwortete er und meinte damit: *Ich habe über hundert Pfund gewonnen, was halbwegs die verlorenen hundertfünfzig von letzter Woche ausgleicht.*

»Kommst du heute Abend mit uns ins Kino, Dad?«, fragte Lisa. »Wir könnten uns Folgendes ansehen …« Und dann gab sie ihm eine kurze Zusammenfassung der in der Nähe laufenden Filme.

»Ach, ist mir egal«, erklärte Mr. Miles großzügig. »Ist mir egal. Die Damen können wählen. Vielleicht gehen wir vorher zum Chinesen. Was meint ihr? Lesley kann zahlen, wo sie doch jetzt arbeitet.«

»Nun hör aber auf!«, schaltete sich Mrs. Miles ein. »Lesley muss das Geld sparen. Wir essen zu Hause. Ich habe ein paar schöne Lammkoteletts.«

»Behalt deine Koteletts«, sagte Mr. Miles. »Ich mach doch nur Witze. Das Essen geht auf mich. Macht euch fertig, dann geht's los.«

Fast begeistert eilten sie davon: Mr. Miles hatte dermaßen selten gute Laune, dass sie das so dankbar wie überstürzt ausnutzen mussten.

Lisa zog ihr rosa Kleid an, und als sie sich im großen Spiegel am Schrank ihrer Mutter betrachtete, sagte sie zu sich: *Es ist nicht richtig … nicht ganz … Ich wünschte …* Sie erkannte, dass sich ihre Vorstellung von einem guten Kleid in den zwei Wochen bei *Goode's* verändert hatte. *Na ja*, dachte sie, *ich gehe ja nur mit Mum und Dad aus, es ist ja nicht so, als ob …* In dem Moment bemerkte sie, dass ihr in letzter Zeit alle möglichen Ideen durch den Kopf gegangen waren. Dass das Leben tatsächlich, in allen Möglichkeiten, wirklich und fast spürbar begann.

12

Als Magda ihre großen braunen Augen aufschlug, war es bereits strahlend hell. Sie warf einen Blick zur Uhr auf dem Nachttisch: zehn. Ganz kurz fragte sie sich, ob sie aufstehen und zur Messe gehen sollte, dann drehte sie sich noch mal auf die Seite, um weiterzuschlafen. *Den Schlaf brauche ich dringender*, sagte sie zu sich. *Gott weiß das.*

Magda befand sich in völligem Einvernehmen mit Gott: Dieses Einvernehmen war die Quelle ihres Erfolgs in der Kunst des Lebens. Stefan hingegen lebte in völligem Einvernehmen mit sich selbst, mit denselben Konsequenzen. Dass zwischen Magda und Stefan völliges Einvernehmen herrschte, gründete auf mehreren Faktoren, zum Beispiel dem, dass sie beide durch die Hölle gegangen waren und überlebt hatten.

Als Magda wieder aufwachte, stand Stefan mit einer Kaffeekanne und einer großen Tasse vor ihr. »Ich dachte«, sagte er, »wenn ich dich jetzt wecke – es ist übrigens elf –, dann hast du noch genug Zeit, in die Mittagsmesse zu gehen. Falls du das willst.«

»A-a-a-h«, seufzte Magda und streckte sich. »Gib mir zuerst mal den Kaffee. Dann überlege ich mir das.«

Nachdem sie sich, in einer Bewegung aus weißen Armen und fließendem Satin, aufgesetzt hatte, schenkte Stefan ihr den Kaffee ein. »Ich nehme auch einen«, sagte er und verließ das Zimmer.

Magda dachte über den vor ihr liegenden Tag nach. Es würde schön sein, gar nichts zu tun, später einen Spaziergang im Park zu machen und abends mit ein paar Freunden in einem Restaurant zu essen.

Stefan kam zurück ins Schlafzimmer.

»Heute gehe ich nicht zur Messe«, beschied sie ihm.

»Das würde dir der Papst höchstpersönlich vergeben«, erwiderte Stefan.

»Sprich nicht so von Seiner Heiligkeit«, rügte Magda ihn.

Magda war Slowenin und Stefan Ungar. Als Vertriebene durften sie nach dem Krieg in den Commonwealth von Australien einwandern und hatten sich in einem Flüchtlingslager bei Sydney kennengelernt. Verständigt hatten sie sich zunächst auf Französisch, hatten dann aber, als der von der Regierung gestellte gute Unterricht erste Erfolge zeigte, ins Englische gewechselt. Bereits ein Jahr nach ihrer Ankunft in Australien konnten sie beide fließend die Landessprache, wenn auch mit gewissen Eigentümlichkeiten, zumal sie angefangen hatten, geradezu gierig die englische Literatur zu lesen.

Schon bald hatte sich Stefan den Klassikern gewidmet, doch darin hatte Magda ihm kaum folgen können. »Mit diesem Shakespeare kann ich mich einfach nicht anfreunden«, hatte sie erklärt. »Hamlet zum Beispiel ist doch kein Stoff, aus dem Helden gemacht sind!«

Ihre Alltagssprache war durchsetzt von altmodischen Ausdrücken, die, über die Bücher von Hardy oder Dickens, ihren Weg über Stefan zu Magda und manchmal sogar zu ihren zahlreichen ungarischen Freunden fanden, die für gewöhnlich zumindest in Magdas Gegenwart Englisch sprachen. Sie alle bestätigten halb ironisch, halb ernst, dass der Krieg – und danach die Revolution – und ihr darauffolgendes Schicksal zwar ein hoher Preis für das Privileg gewesen war, diese »»wundervolle Sprache« erlernen zu dürfen, dass sie jedoch dankbar dafür waren und ewig bleiben würden. Immer noch lachten sie entzückt, wenn sie auf eine neue Redewendung stießen. »Die Katze im Sack kaufen!«, riefen sie beispielsweise aus, und dann brüllten sie vor Vergnügen, wie es vielleicht ihre magyarischen Vorfahren getan hatten, als sie einst mit ihren schnellen Pferden über die riesige fruchtbare Ebene Ungarns geritten waren.

13

Um neun Uhr morgens am dritten Montag im Dezember öffneten sich die großen Glas- und Mahagonitüren von *Goode's* für eine riesige Schar früh aufgestandener Hausfrauen, die allesamt wild entschlossen waren, ihren weihnachtlichen Einkaufsfeldzug durchzuziehen. Von den waldigen Hügeln des gesundheitsfördernden North Shore über den Stuckcharme der östlichen Vororte, von der einstigen, nun schäbig gewordenen Eleganz der westlichen bis zur *terra incognita* der südlichen Vororte waren sie mit Zug, Bus, Tram und sogar Taxi für einen letzten, grimmigen Ansturm angereist. Es galt, Geschenke für diverse schwierige Verwandte zu besorgen, Anziehsachen für ihre rasend schnell wachsenden Kinder nachzukaufen und sogar Kleider – nebst passenden Schuhen – für sich selbst zu finden: Im Grunde ging es um alles, und sie waren entschlossen zu gewinnen.

Miss Jacobs, das Maßband um den Hals und die Stecknadeln griffbereit, war auf ihrem Posten, gerüstet für alles, was da kommen mochte. Sollten sie nur herbeiströmen: Sie würde der Fels in der Brandung sein.

Mr. Ryder ließ sich auch blicken. »Alles tipptopp, Miss Jacobs?«, rief er. »Bereit fürs Getümmel?«

»Was für ein Getümmel?«, sagte Miss Jacobs zu Lisa. »In der letzten Woche vor Weihnachten haben wir zwangsläufig viel zu tun, oder nicht? Von *Getümmel* kann keine Rede sein.«

Dieses Jahr fiel Weihnachten auf den Dienstag der kommenden Woche.

»Und, Lisa, vergessen Sie nicht«, fuhr Miss Jacobs fort, »wenn die Kundinnen noch vor den Feiertagen Änderungen wollen, dann gehen nur Säume, nicht Nähte, und nach Mittwoch auch keine Säume mehr, ganz gleich, was sie sagen. Nach Mittwoch können sie wegen des Wochenendes und der Feiertage ihre Änderungen erst im neuen Jahr bekommen.«

»Ja, ich sage es ihnen«, versprach Lisa.

»Und erinnern Sie bitte auch Miss Baines und Mrs. Williams daran«, sagte Miss Jacobs.

Die beiden waren mit der Auslage beschäftigt, wo Patty Fay gerade von den Unzulänglichkeiten ihres Badeanzugs erzählte, die sich am Tag zuvor am Cogee Beach gezeigt hatten. »Er hat hier ein Gummi«, sagte sie und zog eine unsichtbare Linie über ihren Körper, »doch das ist ausgeleiert, außerdem ist die Farbe verblasst. Also muss ich mir wohl einen neuen besorgen. Du jedenfalls brauchst wirklich zwei Badeanzüge. Ich brauche auch noch einen. Ich glaube, ich kaufe mir einen aus diesem Satinlastex. Mal sehen. Meine Weihnachtsgratifikation gebe ich zur Abwechslung mal für mich selber aus.«

Als hätte irgendjemand etwas anderes von ihr verlangt. Am kommenden Donnerstag war Zahltag. Dann würde sie ihren Zweiwochenlohn plus den Bonus bekommen und damit ihr Nachthemd und vielleicht auch einen neuen Badeanzug kaufen, Sparkonto hin oder her. Die Weihnachtsgeschenke hatte sie alle schon.

»Wir sind an Weihnachten bei Mum, die ganze Familie«, erzählte sie Fay, »wie immer. Und was machst du?«

Ah, das war ein wunder Punkt! Selbst wenn Fay gewollt hätte, wäre nicht genug Zeit gewesen, nach Melbourne zu ihrem Bruder zu fahren. Falls sie nicht Myras Einladung annähme, mit zu Myras Eltern zu fahren, die seit der Pensionierung in einem kleinen denkmalgeschützten Haus in Blackheath in den Blue Mountains lebten, würde sie ziemlich allein sein.

»Das wird ein schöner Tapetenwechsel«, sagte Myra. »Wir können bis Donnerstagmorgen bleiben und dann mit dem Fish zurückkommen. Dann hast noch jede Menge Zeit, bevor du wieder arbeiten musst.«

Nur der Gedanke an den legendären Zug machte das Ganze für Fay erträglich: »The Fish« verkehrte über die Blue Mountains zwischen Lithgow und Sydney.

Als sie Patty von ihren Plänen berichtete, nickte diese. »Ach, wie nett. Da hast du's schön kühl.«

Und eine Pause kannst du auch brauchen, dachte sie, *so elend, wie du ausgesehen hast. So viel zu den zahllosen Männern, von denen du immer redest. Aber vielleicht steckst du wirklich in Schwierigkeiten. Hm, na ja, geht mich nichts an.*

Magda gewährte ihren Schwestern in Schwarz noch einen Tag Schonfrist, dann schlug sie zu. Früh am Dienstagmorgen tauchte sie aus ihrer rosa Grotte auf und stolzierte über den Teppich zu den Cocktailkleidern. »Guten Morgen, die Damen«, rief sie munter. »Ich hoffe, Sie haben diese Woche nicht zu viel zu tun, denn ich werde Ihnen hin und wieder Ihr kleines Schulmädchen entführen. Ich habe mit Miss Cartright gesprochen, und sie meint, ich könnte mir Ihre Lisa ein paar Vormittage und Nachmittage ausleihen; Sie werden es kaum bemerken.«

Jedenfalls nicht besonders, dachte sie, *nur dass ihr selber ins Lager rennen müsst, was euch ganz guttun wird, anstatt jedes Mal die kleine Lisa zu schicken, die ihr nur als Laufmädchen benutzt.*

»Nun«, erwiderte Miss Jacobs, »wenn Miss Cartright das meint, dann will ich nicht widersprechen.«

Patty hingegen wirkte gekränkt wie immer in Magdas Gegenwart, Fay ablehnend.

»Soll ich jetzt mitkommen?«, fragte Lisa.

»Das wäre sehr nett«, antwortete Magda. »Ich zeige Ihnen, wie wir es bei den Modellkleidern handhaben, da gibt es viel für Sie zu lernen, und dann sehen wir weiter.«

Lisa schlüpfte hinter der Ladentheke der Cocktailkleider-Abteilung hervor und folgte, nachdem sie achselzuckend einen entschuldigenden Blick zu ihren Kolleginnen geworfen hatte, Magda über den Teppich und durch den Türbogen, der die Grenze zum Allerheiligsten markierte. Und dann sahen Miss Jacobs, Mrs. Williams und Miss Baines sie erst wieder, nachdem die Sonne den Zenit überschritten hatte, zwölf Cocktailkleider verkauft waren und das Lager dreimal aufgesucht worden war – zweimal von Miss Baines und einmal, mit viel Gemurre, von Mrs. Williams.

14

»So, Lisa«, sagte Magda und präsentierte mit anmutiger Geste ihre Abteilung, »hier sind die Modellkleider. Apropos, wissen Sie, was ein Modellkleid ist?«

»Also«, antwortete Lisa, »nicht genau. Ich bin mir nicht sicher …«

»Na gut«, unterbrach Magda sie. »Dann werde ich es Ihnen erklären. Diese Kleider sind alle einzigartig. In der gesamten Stadt gibt es sie kein zweites Mal. Das heißt, sollten Sie zu *Focher* gehen, könnten Sie möglicherweise eins oder zwei finden – ich weiß nicht, wie, aber dieser Frau gelingt einfach alles –, doch ansonsten gibt es nichts Vergleichbares in ganz Sydney. Wenn eine Frau also eins dieser Kleider kauft, weiß sie, dass ihr nie eine andere mit dem gleichen begegnen wird, denn das wäre für eine Frau natürlich ein Albtraum, selbst wenn sie in dem Kleid besser aussähe als ihre Rivalin, wenn man es denn so bezeichnen will. Wir haben also in Sydney das Exklusivrecht, diese Kleider zu verkaufen. So etwas könnte man höchstens noch bei *George's* in Melbourne finden. Aber wer will schon nach Melbourne? So viel dazu.«

»Aha«, sagte Lisa verwirrt. »Ich verstehe.«

»Außerdem ist der ganze Bestand hier. Jedes Modell nur in einer Größe«, fuhr Magda fort, »denn sonst wäre es ja nicht einzigartig. Verstehen Sie?«

Lisa nickte und betrachtete staunend die Gewänder aus duftigem Chiffon oder Taft in den beleuchteten Schränken.

»Schauen wir uns ein paar von diesen Kleidern doch mal näher an«, fuhr Magda fort, »dann werden Sie erkennen, was so ein Modellkleid ausmacht. Mal sehen. Unsere Tageskleider haben wir hier und unsere *Ensembles*, oder wie Sie wohl sagen würden, Kostüme, hier. Dies zum Beispiel aus irischem Leinen ist von Hardy Amies, ausnehmend gut geschnitten, mir selbst würde es ganz gut stehen, obwohl der englische Stil mich nicht von meiner vorteilhaftesten Seite zeigt, da er für dünne Frauen ohne Hüften ist, was ich einfach nicht begreife, da englische Frauen alle eine birnenförmige Figur haben. Nun denn. Eigentlich nichts für mich. Die Franzosen hingegen kreieren Kleider für echte Frauen mit Hüften und Busen, schaffen es jedoch, dass sie darin schlank aussehen: Das nenne ich *wahre* Kunst. Daran kommt keiner auch nur annähernd heran, bei Gott, es ist eine bemerkenswerte Kultur. Ich hoffe doch, Sie haben auf der Schule ein bisschen Französisch gelernt?«

»Ja, oh ja«, sagte Lisa eifrig. »Ich hatte Französisch in der Abschlussprüfung.«

»C'est bien«, sagte Magda. *»Nous parlerons quelquefois francais, non?«*

»Je lis un peu«, erwiderte Lisa, *»je ne parle pas bien.«*

»En tous cas können Sie sich ein paar französische Abendkleider ansehen«, sagte Magda, »die, wie ich zu behaupten wage, Sie sicher mehr interessieren werden als die Tageskleider. So romantisch, für Sie als *jeune fille.* Natürlich haben wir auch ein paar englische, die nicht schlecht sind. Sehen Sie, was ich meine? Hier ist ein Hartnell, der ist der Schneider der Queen, wie Sie wissen, hier noch ein Amies, auch der arbeitet

für die Queen, und ein Charles James – *magnifique.* Jetzt ein paar Franzosen, sehen Sie: Jacques Fath, *ravissante,* ein kleines Chanel, so raffiniert, diese Frau, und der große Dior. Wer könnte ihm das Wasser reichen?«

Lisa sperrte, verwirrter denn je, die Augen auf. Ihr schwirrte der Kopf. Der Gedanke, dass Kleidung mehr sein konnte als eine mehr oder weniger modische Bedeckung des Körpers, war ihr neu. Doch jetzt dämmerte ihr plötzlich, dass etwas zum Anziehen eine Bedeutung haben konnte, die sie niemals zuvor auch nur erahnt hätte: Kleider konnten – sozusagen – auch Kunst sein. Denn diese Kleider schienen jedes für sich in einer magischen Aura aus Unabhängigkeit oder Stolz zu existieren. Jedes dieser Kleider erschien ihrem unwissenden und doch lebhaften Geist wie – und das war erstaunlich – ein Gedicht.

»Oh«, sagte sie, »du meine Güte!«

Zaghaft, ganz langsam, streckte sie die Hand aus und berührte den mehrlagigen Rock eines blassen Abendkleides. »Sind die sehr teuer?«, fragte sie mit ehrfürchtig aufgerissenen Augen.

»Ho!«, schnaubte Magda. »Ha! Das *müssen* sie sein! Mein Gott. Wenn ich Ihnen gleich mein Buch mit dem Bestand zeige, werden Sie schon sehen. Allerdings macht der Preis, wie Sie eines Tages erkennen werden, bei einem solchen Kleid einen Teil des Reizes aus. Aber jetzt erzähle ich Ihnen noch ein, zwei andere Sachen, und dann gehen Sie besser zurück zu den Cocktaildamen. Später werde ich noch mal mit Miss Cartright reden und ihr vorschlagen, dass Sie vormittags, wenn hier nicht so viel los ist, zu mir kommen, um mir bei etwas zu helfen, das ich Ihnen noch erklären werde.« Damit ging sie zum Louis-Seize-Tisch und zog eine Schublade auf. »Voilà«, sagte sie. »Hier ist mein Bestandsbuch. Also: Wie Sie wissen, wird der grässliche Ausverkauf am zweiten Januar beginnen, und auch ich muss meinen Bestand preislich herabsetzen. Also ist es Zeit, ihn zu begutachten. Sie sehen, dass hier jedes meiner Kleider aufgeführt ist, mit Namen, Einkaufs- und Verkaufspreis. Nun werden Sie so nett sein, ein kleines Schildchen für jedes noch nicht verkaufte Kleid – hier in der letzten Spalte machen wir ein Häkchen hinter jedes verkaufte – mit dem bisherigen Preis zu beschriften. Wenn das getan ist, werden wir den Bestand sichten, und ich entscheide, je nachdem, wie lang ein Kleid schon hier ist, in welchem Zustand es ist und so weiter, wie viel es im Ausverkauf kosten soll. Danach schreiben Sie den reduzierten Preis unter den ursprünglichen, damit die Damen wissen, dass Sie einen beträchtlichen Nachlass bekommen. Zuerst aber bringen Sie die Kleider jeder Kategorie in die gleiche Ordnung wie im Bestandsbuch, verstehen Sie, dann ist alles viel übersichtlicher, und wir wissen, wo wir stehen. Natürlich müssen Sie immer ganz besonders darauf achten, saubere Hände zu haben, bevor Sie hierherkommen und diese exklusiven Kleider berühren, *ma petite*. Okay?« Sie lächelte strahlend, weil sie es sehr nett fand, eine kleine Assistentin zu haben, selbst so ein dünnes, blasses Schulmädchen wie Lisa, das gar nichts wusste. Im Gegenteil, irgendwie war es sogar äußerst nett, die Verantwortung für so ein unwissendes kleines Ding zu haben, denn sie, Magda, konnte ihr alles beibringen! Und mit einem Mal erkannte sie, wie angenehm es war, Wissen weiterzugeben und einen leeren Kopf mit kostbarem Inhalt zu füllen, Tröpfchen für Tröpfchen: Schnitt, Stil, Geschmack. Amies, Fath, Dior.

15

»Vormittags werde ich Magda helfen, Mum.«

»Magda? Wer ist denn Magda?«, erkundigte sich Mrs. Miles.

»Du weißt schon, Magda: Sie ist die Verantwortliche für die Modellkleider. Hab ich dir doch erzählt.«

»Modellkleider? Was in aller Welt sind Modellkleider?«, fragte Mrs. Miles. »Ich dachte, bei *Goode's* sind alle Kleider Modellkleider. In einem so teuren Geschäft.«

»Nein, nein«, erwiderte Lisa. »Die anderen Anziehsachen gibt es in allen Größen, und jeder kann sie kaufen.«

»Jeder, der sie sich leisten kann«, bemerkte Mrs. Miles. »Ich jedenfalls kann das sicher nicht.«

»Nein, aber«, fuhr Lisa fort, »die Modellkleider sind einzigartig. Es gibt sie jeweils nur einmal, und sie kommen aus Frankreich und England, und wenn du eins hast, weißt du, dass kein anderer es haben wird, weil es in ganz Sydney das einzige seiner Art ist.«

»Oh ja«, sagte Mrs. Miles, »ich weiß. Individuell. Tja, aber es hat auch niemand die gleichen Kleider wie du, abgesehen von deinen alten Schulblusen, weil ich sie nämlich selbst nähe. Also sind deine auch einzigartig, stimmt's?«

»Jaaa«, sagte Lisa gedehnt, »ja, vermutlich schon …«

»Nein, nicht vermutlich«, unterbrach ihre Mutter sie, »sie *sind* es. Das rosa Kleid, das ich dir genäht habe, würde, wenn es so eins in einem Geschäft gäbe, wahrscheinlich mindestens fünf oder sechs Pfund kosten – aber es gibt es eben nicht noch mal.«

»Ja, aber die Modellkleider«, wandte Lisa ein, »sind meistens Abendkleider.«

»Ach so, Abendkleider, verstehe«, sagte Mrs. Miles. »Für Bälle und so. Das ist natürlich was anderes. Aber wenn du auf einen Ball gehen wolltest, könnte ich mich sicher auch mal daran versuchen.«

Ihr wurde allerdings leicht schwindelig bei dem Gedanken, ein Abendkleid für einen Ball zu nähen. Nicht, dass sie nicht ihr Bestes geben, dass sie nicht *alles* versuchen würde, um ihre Tochter für einen Ball auszustatten! Nun denn.

»Andererseits sind wir noch längst nicht so weit, also brauchen wir uns darum auch keine Sorgen zu machen, oder?«, fragte sie munter. Doch noch während sie das sagte, hatten beide natürlich denselben erschreckenden Gedanken. Plötzlich stieg ihr Geheimnis in einer rosa Wolke auf und schwebte an der Küchendecke über ihren Köpfen.

Falls Lesley wirklich auf die Universität kommt, dachte Mrs. Miles, *wird sie höchstwahrscheinlich auch auf Bälle gehen. Sie wird ja wer weiß was tun. Aber die Kleider!* All die anderen Mädchen dort würden erfolgreiche, wohlhabende Väter haben. Es würden reiche Mädchen mit unzähligen Kleidern sein, zum Beispiel von *Goode's* – es würde ein ganz schönes Problem werden, da mitzuhalten. Lesley war eine Spätzünderin; bisher war ihr Leben in so einfachen Bahnen verlaufen – sie war ja noch nicht mal richtig mit einem Jungen ausgegangen, nur mit ein paar Burschen, die sie als Schafsköpfe bezeichnet und gar nicht erst hatte beeindrucken wollen. Aber wie würde es sein, wenn sie auf der Universität war und andere kennenlernte, die keine

Schafsköpfe waren – tja. Sie würde einfach ihr Bestes versuchen müssen. Dann würde man sehen.

»Nein, aber wenn ich wirklich auf einen Ball will«, sagte Lisa, »dann habe ich doch das Geld, das ich vom Lohn bei *Goode's* gespart habe, schon vergessen? Also könnte ich mir was kaufen, und du müsstest dir keine Gedanken machen.«

»Das stimmt«, nickte ihre Mutter. »Das hatte ich wirklich vergessen. Mit dem Geld könntest du dir ein Modellkleid kaufen. Darin würdest du sehr, sehr hübsch aussehen.«

Sie lachten zusammen, dann sprang Lisa auf, fasste ihre Mutter an den Armen und tanzte mit ihr singend durchs Zimmer.

Volare, oh, oh!

Cantare, oh, oh, oh, oh!

Es wird sich schon alles irgendwie fügen, dachte Mrs. Miles. *Und meine Lesley wird auf einen Ball gehen.*

16

Ausgerechnet am Morgen des nächsten Tages sah Lisa *das Kleid.*

Sie erledigte gerade die Aufgabe, die Magda ihr aufgetragen hatte, verglich die Bestandsliste mit den Kleidern und hängte diese in die Reihenfolge, in der sie auf der Liste erschienen, damit Magda sie später schneller durchsehen und über ihren Verkaufspreis entscheiden konnte. Lisa hatte bereits fünf, sechs der eher seriösen Abendkleider umarrangiert, die zusammen in einem offenen Mahagonischrank auf Bügeln mit rosa Satinbezug hingen, und suchte in dem ungeordneten Rest nach einem Modell namens *Tara* von Creed, das aus schwarz-weißem Seidentaft sein sollte.

Während sie behutsam einen Bügel nach dem anderen weiterschob, fand sie erst *Laura*, dann *Rosy*, dann *Minuit*, aber nicht *Tara.* Doch plötzlich – als sie *Minuit* noch zur Seite schob, um die Lücke zu vergrößern – fiel ihr Blick auf ein Kleid, das wie durch magische Fügung *Lisette* hieß.

Diese Kreation einer großen *Couturière* verkörperte genau die Mischung aus verspielt und romantisch, raffiniert und schlicht, die nur ein weiblicher Geist ersinnen kann, und war damit das perfekte Abendkleid für ein junges Mädchen: ein Traum aus weißem, rot getüpfeltem Organza mit tiefem Ausschnitt, engem Mieder, ein paar aufwendigen, kunstvoll mit roter Seide paspelierten Rüschen an den Schultern und einem mehrlagigen, gerafften Rock, dessen unterste Lage gut zwanzig Zentimeter über dem Boden endete, um den Blick auf ein schlankes Bein und ein zartes Fußgelenk zu gewähren. Der Kontrast aus Pünktchen und schmalen Bahnen, aus leuchtendem Rot und edlem Weiß war atemberaubend. Der seidige Stoff schimmerte leicht.

Lisa stand da und betrachtete es. Es war Liebe auf den ersten Blick, wie sie jede Frau irgendwann einmal trifft: die plötzliche Erkenntnis, dass ein spezielles Kleid nicht nur einfach hübsch ist und einem gut stehen würde, sondern auch dem tiefinnersten Bild entspricht, das man von sich selbst hat. Dies war *ihr* Kleid. Es war, wenn auch unwissentlich, für sie gemacht worden.

Lange Zeit stand Lisa da und nahm den Anblick in sich auf. Ihre Entdeckung erinnerte sie seltsamerweise, schwach und unbestimmt, an ihre erste Begegnung mit dem Tyger. Staunend erfasste sie *Lisette* in allen Einzelheiten und schob sie schließlich langsam und widerstrebend beiseite, um weiter nach *Tara* zu suchen.

17

Miss Jacobs, Mrs. Williams, Miss Baines und Miss Miles hielten endlich die Umschläge mit ihrem Lohn nebst Weihnachtsgratifikation in den Händen. Sie weckten in jeder von ihnen höchst zufriedenstellende Gefühle, während sie über die Verwendung des zusätzlichen Geldes nachdachten. Miss Jacobs' Überlegungen müssen für immer ein Geheimnis bleiben, Lisas kann man ziemlich leicht erraten, Fays vielleicht weniger leicht, Pattys hingegen sind bekannt.

»Ich zieh mir nur kurz dieses schwarze Kleid aus«, sagte sie gegen Mittag zu Fay, »um mir unten die Badeanzüge und möglicherweise ein, zwei andere Sachen anzusehen. Treffen wir uns später vielleicht in der Kantine? Vielleicht aber auch nicht, falls ich das Mittagessen heute auslassen muss.«

Das schwarze Nachthemd hatte sie keiner Menschenseele gegenüber erwähnt, was ganz untypisch für sie war. Nur Paula wusste natürlich davon. Sie würde sich jetzt ganz schnell umziehen, dann hinunter zur Lingerie rennen und … *Nein,* dachte sie, *lieber nicht. Erst gehe ich zu den Badesachen, denn sonst sieht mich vielleicht jemand mit dem Päckchen von der Lingerie* (die ein eigenes Einwickelpapier mit Spitzen- und Schleifenmuster hatte) *und errät, was darin ist, oder fragt. Also gehe ich zuerst zu den Badeanzügen.*

Schließlich verbrachte sie so viel Zeit mit der Anprobe von Badebekleidung und bekam danach so großen Hunger, dass sie das Abholen des Nachthemds auf den nächsten

Tag verschob. So kam es, dass sie erst am Freitagabend vor Weihnachten endlich ein Päckchen von *Goode's* Lingerie-Abteilung mit nach Hause brachte, das ein schwarzes Nylonnachthemd mit rosa Satinbandverzierung in Größe 36 enthielt.

Seit mehreren Wochen hatte täglich die Sonne geschienen, die Temperatur war stetig und unablässig gestiegen, und jede Mauer in der riesigen Stadt, jede Straße, jedes Dach glühte. Die Menschen bewegten sich nur langsam durch die drückende Hitze und kniffen die Augen vor dem grellen Licht zusammen; ihr Geist schrumpfte wie ein welkendes Blatt in einen Zustand der Apathie, und ihre schleppenden Schritte schlugen unwillkürlich stets die Richtung ein, die zum Wasser führte: zu den Stränden, den Schwimmbädern, ihrer eigenen Dusche. Dort tauchten Sydneys Einwohner unter, bis endlich die gewaltige Sonne hinter dem Horizont versank und die Dunkelheit sich lindernd auf ihre überreizten Sinne legte.

Patty erreichte Randwick am Freitagabend vor Weihnachten genau zu dem Zeitpunkt, als der Segen sich über sie senkte.

Wie viel Zeit bleibt mir wohl, bis Frank kommt?, dachte sie. Es war Freitagabend, da würde er sich erst schön einen antrinken und wahrscheinlich frühestens gegen sieben zu Hause sein. Also hatte sie genug Zeit für eine herrlich lange Dusche. Sie zog ihre verschwitzten Kleider aus, ging ins Bad und drehte das Wasser auf. Als sie unter dem kühlenden Strahl stand, driftete sie in den urtümlichen Zustand von innerem Frieden und unschuldiger Sinnesfreude, den nur das Eintauchen in Wasser bewirkt, und stellte erst eine volle Viertelstunde später die Dusche wieder ab. Sie hatte ihre Haare gewaschen; da ihre

Dauerwelle fast rausgewachsen war, hingen sie ihr in schlaffen Strähnen um das schmale Gesicht. Als sie das Schlafzimmer wieder betrat, leuchteten ihre Augen beim Anblick des geheimnisvollen Päckchens mit ihrem neuen Nachthemd, und sie dachte: *Ach, ich probier's jetzt einfach mal an und schau, wie es aussieht.* Und genau das tat sie.

Sie stand eine ganze Weile vor dem großen Spiegel an der Schranktür und betrachtete sich, denn sie konnte kaum glauben, welcher Anblick sich ihr bot. *Huch*, dachte sie, *du meine Güte.*

Ich will verdammt sein, dachte Frank, *wenn ich mit den anderen in den Pub gehe und mir noch mehr dummes Zeug über ihre verflixten Kinder anhöre.* Die Sache lief langsam aus dem Ruder. Ein paar Kumpels hatten sogar, ohne sich zu schämen, Schnappschüsse von ihren Kids herumgezeigt. »Das hier ist meine Cheryl – seht mal den Lockenkopf. Den hat sie von mir.« Nein, Frank wollte verdammt sein, wenn er sich weiter so was anhörte, und dann noch im Pub. Also verdrückte er sich schnell an diesem Abend: »Hab noch was zu tun. Wir sehen uns Montag!« Dann ging er, ohne lange nachzudenken, in einen anderen Pub gegenüber vom Hauptbahnhof – eine kleine Kaschemme, die ihm schon seit Längerem aufgefallen war. Kaum war er eingetreten, bestellte er auch schon einen Whisky. *Mir ist nach Whisky*, dachte er, *es muss jetzt einfach ein Whisky sein.*

»Scotch oder australischer?«, fragte die Bardame.

Kein Grund, jetzt völlig verrücktzuspielen, dachte Frank.

»Australischer reicht mir«, sagte er.

»Recht so«, erwiderte sie und schenkte ihm australischen Whisky ein.

Frank leerte sein Glas in einem Zug, wie er es vom Bier gewohnt war. »Noch einen«, sagte er.

Eine Weile später trat er hinaus ins Freie und ging zu seiner Haltestelle. Auf dieser Strecke fuhr eine an den Seiten offene Straßenbahn, und die ganze Fahrt nach Hause schwankte er leicht in einem Dämmerzustand aus Whisky und vagem Elend.

Ich frag mich, was es zum Abendessen gibt, dachte er.

Patty stand mit dem Rücken zur Schlafzimmertür und hörte nur undeutlich, wie der Schlüssel sich im Schloss drehte. *Das wird Frank sein*, dachte sie flüchtig, *ich zieh mir besser was Anständiges an*. Um ihren Morgenmantel zu suchen, öffnete sie die Schranktür, worauf ihr immer noch fremdes Spiegelbild in schwarz-durchsichtigem Gewand näher kam. Dabei bemerkte sie plötzlich hinter sich die Gestalt ihres Mannes im Türrahmen.

»Was machst du denn hier?«, fragte er.

»Ich … Ich zieh mir nur meinen Morgenmantel an«, antwortete Patty.

»Schon bettfertig?«, erkundigte sich Frank und nahm Pattys Aufzug nun genauer in Augenschein. »Ist das nicht ein bisschen früh?«

»Nein, eigentlich nicht«, erwiderte Patty. »Das hier ist neu. Ich hab's nur anprobiert. Aber ich zieh's jetzt aus.«

»*Ich* zieh's aus«, sagte Frank.

Er kam zu Patty, die sich von Schrank und Spiegelbild abgewandt hatte, und stand ein paar Sekunden reglos vor ihr. Dann legte er ihr ganz sanft die Arme um die Taille, griff mit jeder Hand nach einer Falte des schwarzen Nylonnachthemds und zog es langsam seiner Frau über den feuchten

Haarschopf. Patty roch zwar seine schwache Whiskyfahne, sagte aber nichts. Frank warf das Nachthemd beiseite und berührte Pattys Busen. Er neigte seinen Kopf leicht Richtung Bett, worauf Patty sich zögernd darauf zu bewegte.

»Ich schätze, dann ziehe ich mich auch mal aus«, sagte Frank.

18

»Ich glaube, ich frage die kleine Lisa, ob sie morgen nach Ladenschluss nicht bei uns zu Mittag essen möchte«, sagte Magda zu Stefan. »Was meinst du? Hättest du Lust, ein kleines australisches Schulmädchen kennenzulernen? Einen Blaustrumpf, der weder schön ist noch Stil hat, aber charmant, sehr gut erzogen und in seiner Naivität einfach entzückend?«

»Was hast du vor, Magda?«, fragte ihr Mann. »Welche Pläne schmiedest du da in deinem balkanischen Hirn? Seit wann interessierst du dich für kleine Schulmädchen? Wenn sie, wie du sagst, noch nicht mal hübsch sind?«

»Ich hab nicht gesagt, dass sie nicht hübsch ist – obwohl sie das tatsächlich nicht ist –, nur, dass sie nicht schön ist. Du kennst den Unterschied doch sehr gut. Aber eines Tages *wird* sie tatsächlich hübsch sein: Denn ich sorge dafür. Jeder junge Mensch kann hübsch sein, auch wenn dazu manchmal ein paar Tricks notwendig sind, und jeder junge Mensch *sollte* auch hübsch sein. Sonst wäre jung zu sein eine Katastrophe oder zumindest reine Zeitverschwendung.«

»Aha, also wirst du aus einem Kieselstein einen Diamanten schleifen, wie?« Stefan lachte herzlich.

»Lach nur – na los, lach dir einen Ast ab.«

Stefan lachte noch lauter.

»Obwohl ich nicht begreife, was so witzig sein soll. Wenn

»Lieber am zweiten«, hatte sein zukünftiger Arbeitgeber gesagt. »Der erste ist hier ein Feiertag, und ich würde gegen das Gesetz verstoßen, wenn ich Sie dann arbeiten ließe.«

»Es sei denn, Sie würden mir einen Feiertagszuschlag bezahlen«, entgegnete Rudi.

»Ganz genau«, nickte sein Gegenüber. »Also erwarte ich Sie am zweiten um Punkt neun Uhr.«

19

Als Fay am Freitagabend vor Weihnachten mit der größeren Lohntüte in der Handtasche aus dem Personaleingang von *Goode's* ins Freie trat, dachte sie: *Ich sollte mir was Neues zum Anziehen kaufen, vielleicht muntert mich das auf.* Sie verspürte eine schreckliche Mattigkeit, die womöglich der Hitze geschuldet war. Allerdings konnte sie sich nicht erinnern, dass die Hitze ihr jemals so zugesetzt hatte. *Ich bin nur ein bisschen deprimiert*, sagte sie sich. *Nach Weihnachten werde ich mich besser fühlen.* Irgendwie empfand sie Weihnachten gerade als Belastung. Was war bloß los mit ihr? Weihnachten war doch etwas Schönes, auf das man sich freuen konnte: mit Myras Eltern und Geschwistern und deren Familien, die am ersten Weihnachtstag teils von Penrith, teils von Kurrajong angereist kamen – denn die Parkers waren auch deswegen nach der Pensionierung in die Blue Mountains gezogen, um in der Nähe ihrer Enkelkinder zu sein. Fay fand, im Kreis von vielen Leuten war es sicherer. Und dann erst die Rückreise im Fish … *Ich sollte mir ein neues Kleid für die Feiertage kaufen*, dachte sie. *Das könnte meine Laune heben.* Andererseits würde sie nicht genug Zeit haben, um sich wirklich gründlich umzuschauen. *Also lasse ich es*, dachte sie. *Und spare mein Geld für den Ausverkauf. Das Blauweiße wird schon genügen. Ist doch erst vom letzten Jahr.*

Fay hatte etwas Unerhörtes getan: Sie hatte alle Verabredungen für dieses Wochenende ausgeschlagen (der mit der goldenen Uhr wollte mit ihr ausgehen – dabei wollte er nur das Eine, hatte sie zu Myra gesagt – und Myra selbst mit ihr auf eine Party). Aber sie würde absolut nichts machen. Sie würde zu Hause bleiben, ihre gesamte Wäsche erledigen, die Wohnung putzen und sich die Haare machen. Sie würde die *Women's Weekly* lesen, und wenn sie die durchhatte, konnte sie in dem Buch weiterlesen, das Lisa ihr geliehen hatte. Das Mädchen hatte es in der Kantine gelesen, und Fay hatte gefragt: »Ist das gut?«

Und Lisa hatte gesagt: »Ja, wundervoll. Ich bin gerade fertig damit. Soll ich es Ihnen leihen?«

»Ja, warum nicht«, hatte Fay aus purer Höflichkeit geantwortet. »Wie heißt es denn?«

»*Anna Karenina*«, hatte Lisa gesagt und es hochgehalten, sodass Fay den Titel auf dem Cover sehen konnte.

Rudi war ein relativ neuer – sozusagen postrevolutionärer – Emigrant, und zwar der Cousin der Frau von einem von Stefans ehemaligen Kunden. Stefan war Steuerberater mit einer kleinen, gut gehenden Kanzlei in der Migrantenkolonie von Sydney. Da der frühere Kunde – Rudis Schwager zweiten Grades – ein paar Jahre zuvor nach Melbourne gezogen war, hatte Rudi zunächst versucht, dort Fuß zu fassen, hatte jedoch schnell gemerkt, dass Sydney mehr seinem Geschmack entsprach, und war gerade dabei, sich in dessen strahlend blauen Weiten umzutun.

»Melbourne«, hatte er nach drei Monaten verkündet, »steht mir bis hier.« Und er hatte seine Hand etwa dreißig Zentimeter über den Kopf gehalten.

Magda und Stefan hatten ihn mehrere Male während seiner Erkundungstour durch Sydney getroffen. Nun, da er mit allem Drum und Dran hier gelandet war, hatten sie ihn ihren Bekannten vorgestellt, ihm geholfen, eine Wohnung zu finden, und ihm ganz allgemein moralische Unterstützung geboten. Allerdings schien er die nicht wirklich zu brauchen. Auch eine Arbeitsstelle hatte er bereits, zumindest vorübergehend: Er sollte für den ehemaligen Partner seines Schwagers in einem Import-Export-Unternehmen arbeiten.

»Die Arbeit ist langweilig«, hatte der ehemalige Partner erklärt, »und schlecht bezahlt. Aber vom Fenster meines Büros aus hat man einen prächtigen Blick auf Darling Harbour, und Sie dürfen gerne kommen und die Aussicht genießen, so oft Sie wollen, allerdings höchstens fünf Minuten *per diem.*«

»Wer könnte einem solchen Angebot widerstehen? Ich jedenfalls nicht«, hatte Rudi erwidert. »Rechnen Sie am ersten Tag des neuen Jahres mit mir.«

»Lieber am zweiten«, hatte sein zukünftiger Arbeitgeber gesagt. »Der erste ist hier ein Feiertag, und ich würde gegen das Gesetz verstoßen, wenn ich Sie dann arbeiten ließe.«

»Es sei denn, Sie würden mir einen Feiertagszuschlag bezahlen«, entgegnete Rudi.

»Ganz genau«, nickte sein Gegenüber. »Also erwarte ich Sie am zweiten um Punkt neun Uhr.«

19

Als Fay am Freitagabend vor Weihnachten mit der größeren Lohntüte in der Handtasche aus dem Personaleingang von *Goode's* ins Freie trat, dachte sie: *Ich sollte mir was Neues zum Anziehen kaufen, vielleicht muntert mich das auf.* Sie verspürte eine schreckliche Mattigkeit, die womöglich der Hitze geschuldet war. Allerdings konnte sie sich nicht erinnern, dass die Hitze ihr jemals so zugesetzt hatte. *Ich bin nur ein bisschen deprimiert*, sagte sie sich. *Nach Weihnachten werde ich mich besser fühlen.* Irgendwie empfand sie Weihnachten gerade als Belastung. Was war bloß los mit ihr? Weihnachten war doch etwas Schönes, auf das man sich freuen konnte: mit Myras Eltern und Geschwistern und deren Familien, die am ersten Weihnachtstag teils von Penrith, teils von Kurrajong angereist kamen – denn die Parkers waren auch deswegen nach der Pensionierung in die Blue Mountains gezogen, um in der Nähe ihrer Enkelkinder zu sein. Fay fand, im Kreis von vielen Leuten war es sicherer. Und dann erst die Rückreise im Fish … *Ich sollte mir ein neues Kleid für die Feiertage kaufen*, dachte sie. *Das könnte meine Laune heben.* Andererseits würde sie nicht genug Zeit haben, um sich wirklich gründlich umzuschauen. *Also lasse ich es*, dachte sie. *Und spare mein Geld für den Ausverkauf. Das Blauweiße wird schon genügen. Ist doch erst vom letzten Jahr.*

Fay hatte etwas Unerhörtes getan: Sie hatte alle Verabredungen für dieses Wochenende ausgeschlagen (der mit der goldenen Uhr wollte mit ihr ausgehen – dabei wollte er nur das Eine, hatte sie zu Myra gesagt – und Myra selbst mit ihr auf eine Party). Aber sie würde absolut nichts machen. Sie würde zu Hause bleiben, ihre gesamte Wäsche erledigen, die Wohnung putzen und sich die Haare machen. Sie würde die *Women's Weekly* lesen, und wenn sie die durchhatte, konnte sie in dem Buch weiterlesen, das Lisa ihr geliehen hatte. Das Mädchen hatte es in der Kantine gelesen, und Fay hatte gefragt: »Ist das gut?«

Und Lisa hatte gesagt: »Ja, wundervoll. Ich bin gerade fertig damit. Soll ich es Ihnen leihen?«

»Ja, warum nicht«, hatte Fay aus purer Höflichkeit geantwortet. »Wie heißt es denn?«

»*Anna Karenina*«, hatte Lisa gesagt und es hochgehalten, sodass Fay den Titel auf dem Cover sehen konnte.

20

»Lisa«, sagte Fay, »ich glaube, Magda will mit Ihnen reden.«

Tatsächlich hatte Magda mit ihren großen Augen deutliche Signale über den Abgrund zwischen Modell- und Cocktailkleidern geschickt. Als Lisa darüber hinwegblickte, winkte Magda sie zu sich. Sofort eilte das Mädchen zu ihr. Hatte sie am Vortag die ihr zugewiesene Aufgabe nicht zu Ende gebracht? Sie mochte gar nicht daran denken, wie frostig Mrs. Williams, vielleicht auch Miss Jacobs oder gar Miss Baines werden würden, wenn sie sie an diesem betriebsamsten aller Vormittage noch mal im Stich lassen musste.

»Lisa, meine Liebe«, begann Magda. »Ich will Sie nicht lange aufhalten, sondern möchte Sie nur einladen, heute bei uns zu Mittag zu essen, wenn Sie nichts Amüsanteres zu tun haben. Ich habe meinem Mann schon viel von Ihnen erzählt, und er würde sich freuen, Sie kennenzulernen. Es wird alles ganz schlicht sein, an einem Samstag halten wir nichts von *Haute Cuisine* – pfft! –, schließlich ist es das Ende einer langen Woche. Also nur ein bisschen Wurst und Käse, ein Glas Wein, ein paar Kirschen – bitte schenken Sie uns das Vergnügen Ihrer Gesellschaft.«

Lisa war überwältigt. »Da ... Da muss ich meine Mutter fragen«, stotterte sie. »Ich meine, ich muss ihr Bescheid sagen.«

»Aber *natürlich*!«, rief Magda. »Daran habe ich auch schon gedacht. Hier sind vier Pennys, ich habe für alle Fälle immer welche in meinem Schreibtisch. Laufen Sie schnell zu den öffentlichen Telefonen drüben und rufen Sie Ihre Mutter an, um Sie um Erlaubnis zu fragen. Wir wohnen in Mosman, wissen Sie, da wird es ganz leicht für Sie sein, nach Hause zu kommen, oder? So weit ist es nicht. Rasch, gehen Sie, die Damen von den Cocktailkleidern werden es nicht bemerken, und sagen Sie Bescheid, was Ihre Mutter meint. Aber zuerst richten Sie ihr bitte meine besten Grüße aus.«

Fay beobachtete die beiden, konnte aber nichts hören und staunte. Diese Magda war so faszinierend und zugleich furchterregend! Lisa allerdings schien die Zeit bei Magda zu genießen: Wenn sie von ihren Stippvisiten bei den Modellkleidern zurückkam, war sie immer in Hochstimmung.

»Da gibt es Kleider aus Paris«, hatte sie ihnen erzählt, »und aus London. Wunder-, wunderschöne Kleider – Sie sollten sie sich selbst mal anschauen. Magda hätte bestimmt nichts dagegen.«

Als würden sie so was tun!

»Ich habe gar keine Lust, mir Kleider aus Paris und London anzuschauen«, hatte Patty Williams gesagt. »Ich habe genug mit Kleidern aus Sydney und Melbourne zu tun.«

Aber Fay, die durch diese Bemerkung zum Schweigen gebracht worden war, dachte: *Himmel, wie gerne würde ich mir diese Kleider mal ansehen! Und vielleicht werde ich das später auch. Vielleicht sehen sie aus wie die Kleider in den Zeitschriften.*

Himmel, wenn man sich vorstellte, ein Kleid zu haben, das in einer Zeitschrift abgebildet war!

»Wir springen in der Elizabeth Street in eine Tram und fahren schnell zum Hafen«, sagte Magda zu Lisa, als sie *Goode's* um 12:35 Uhr verließen. »Ich habe keine Lust zu laufen. Kommen Sie.«

Lisa hatte bisher nur selten die Gelegenheit gehabt, mit der Fähre zu fahren, und die Aussicht auf eine so herrliche Erfahrung ganz vergessen – wenn sie ihr denn überhaupt bewusst gewesen war.

»Natürlich sitzen wir draußen«, bemerkte Magda, lief die Treppe hinauf und betrat das Oberdeck, »hier, mit dem Rücken zur Sonne. Uff! Was könnte schöner sein?«

Sie ließ den Blick über den Hafen, den Himmel, die Brücke, die Insel Pinchgut, die märchenhaften Küstenabschnitte und das ganze hinreißende Panorama gleiten. Lisa selbst, wie gebannt von dem Anblick, dem lauten Dröhnen des großen Motors und seinem seltsam anziehenden Benzingeruch, fühlte sich, während sie auf diesem bequemen Holzboot voller zufriedener Passagiere über das glitzernde Wasser gefahren wurde und ihr die salzige Luft durchs Haar strich, nicht mehr auf der Schwelle zum echten Leben, sondern so, als steckte sie auf einmal mittendrin. Als hätte sie Lesley, das Kind, endlich weit hinter sich gelassen.

»Ist das nicht schön?«, rief sie aus. »Ist das nicht wundervoll? Ich bin *so* glücklich!«

Magda wandte sich zu ihr und schenkte ihr ein strahlendes Lächeln. »Gut!«, sagte sie. »Seien Sie glücklich – immer!« Und dann küsste sie Lisa auf die Wange.

Lisa lächelte sie scheu an. *Ich habe schon gehört*, dachte sie, *dass die Europäer sich viel häufiger küssen als wir. Das hat nichts zu bedeuten. Das machen sie ständig, sogar die Männer. Sogar die Männer küssen sich. Aber es fühlt sich schon komisch an.*

21

»Da sind wir endlich!«, rief Magda und öffnete die Haustür, wobei ihre Ankündigung entweder Lisa oder Stefan galt.

Nach einem kurzen Spaziergang vom Anlegeplatz betrat Lisa nun eine Wohnung, die die gesamte obere Etage einer weitläufigen edwardianischen Villa mit Blick auf die Mosman Bay einnahm. Man kam direkt in ein geräumiges Wohnzimmer, das wegen der großen Fenster lichtdurchflutet war. Links konnte man einen Blick auf die Küche erhaschen, rechts sah man durch eine halb geöffnete Tür einen Raum, der wahrscheinlich als Schlafzimmer diente. In der Nähe der Küche bemerkte Lisa nun einen großen, runden Tisch, der mit Speisen bedeckt war, und daneben stand ein hochgewachsener Mann mit dunklen, welligen Haaren und leuchtend braunen Augen.

Dieser Mann grinste nun breit und präsentierte ihnen mit einer ausladenden Geste den Tisch. »Seht, was ich für euch herbeigezaubert habe«, sagte er, »unter Einsatz meiner allergrößten Kräfte.«

»Jetzt vergiss mal deine Kräfte«, erwiderte Magda, »und komm her, um Lisa kennenzulernen. Lisa, darf ich Ihnen meinen Ehemann vorstellen, Stefan Szombathelyi, der zwar Ungar ist, aber leider kein Graf. Man kann nicht alles haben.«

Stefan lächelte Lisa an, richtete sich zu voller Größe auf, schlug die Absätze zusammen, verneigte sich und ergriff Lisas

Hand, um einen Kuss daraufzudrücken. »Ich bin entzückt, Sie kennenzulernen«, sagte er und ließ ihre Hand wieder los.

Lisas Wangen nahmen ein bisschen Farbe an.

»Stören Sie sich nicht daran, Lisa«, sagte Magda. »Wahrscheinlich haben Sie schon gehört, dass wir Europäer ständig Küsse verteilen.«

Sie lachten alle und Lisa ganz besonders.

»Ich entledige mich jetzt dieses grässlichen schwarzen Kleides«, verkündete Magda, »und dann können wir essen. Denn ich verhungere gleich, wirklich. Entschuldigt mich kurz. Stefan, schenk Lisa bitte ein Glas Wein ein.«

Stefan bedachte das Mädchen mit einem freundlichen Lächeln. So übel war sie nicht: zwar nicht hübsch, aber vielleicht war da noch was zu machen. Sie war sehr dünn – andererseits war das ja wesentlich besser als sehr dick.

»Möchte Sie denn Wein?«, fragte er. »Oder hätten Sie lieber Limonade? Ich habe welche gekauft, nur für alle Fälle. Limonade ist so ein amüsantes Getränk, finden Sie nicht? Aber Wein ist natürlich auch amüsant, auf seine Weise. Sagen Sie mir, was Sie lieber hätten.«

»Ich glaube«, sagte Lisa, »ich möchte eine Limonade. Ich trinke normalerweise keinen Wein.«

Tatsächlich hatte sie in ihrem ganzen Leben noch nicht einen einzigen Tropfen dieses Getränks zu sich genommen.

»Ausgezeichnet«, nickte Stefan. »Dann hole ich die Limonade, sie ist im Kühlschrank. Denn wenn sie nicht kalt ist, ist sie ganz und gar nicht amüsant.«

Gerade als er verschwand, erschien Magda wieder, in einer sehr kleidsamen roten Leinenhose. »Und jetzt etwas zu essen«, rief sie aus, rieb sich die Hände und kam zum Tisch. »Was hat er denn für uns besorgt? Kommen Sie, Lisa, nehmen Sie Platz und bedienen Sie sich. Ich schneide uns ein paar Scheiben Brot ab. Mögen Sie Roggenbrot? Dieses ist sehr gut. Sie können es mit dem belegen, was Sie mögen: Käse – hier sind verschiedene Sorten auf diesem Teller, Schinken, ja, Leberwurst, die ist lecker, oder probieren Sie die Salami. Und ich sehe, er hat uns auch Salat gemacht, davon müssen Sie was essen, der ist gut für Sie. Stefan, schenk mir doch bitte ein Glas Wein ein.«

Lisa, wie geblendet von den exotischen Leckereien vor ihr, fing an, sich winzige Mengen von diesem und jenem aufzutun. Noch nie hatte sie so etwas gegessen, und sie hätte mit Freuden nur für sich und mit viel Zeit alles probiert, doch schon bald wurde sie von ihren Gastgebern von dieser rückhaltlosen Völlerei abgebracht.

»Magda hat erzählt, Sie hätten gerade die Schule abgeschlossen, Lisa«, begann Stefan.

»Ja, ich habe gerade die Prüfungen der höheren Schule hinter mir«, bestätigte Lisa.

»Ah«, rief Stefan aus. »Die höhere Schule! Ein kluges Mädchen also!«

»Das weiß ich noch nicht«, gestand Lisa. »Ich warte noch auf die Ergebnisse.«

»Eine kluge Antwort«, befand Stefan, »daher werden Sie wohl mit einiger Zuversicht warten können. Wann kommen sie denn?«

»In etwa drei Wochen«, sagte Lisa.

»Und dann?«, fragte Stefan. »Werden Sie auf die Universität gehen?«

»Ach, das weiß ich wirklich noch nicht«, antwortete Lisa und merkte, wie sie angesichts der Frage die Furcht beschlich, genau das nicht tun zu können. »Ich versuche, nicht daran zu denken, bis ich es nicht sicher weiß.«

»Recht so«, schaltete Magda sich ein. »Bring sie doch nicht dazu, über ungelegte Eier nachzudenken, Stefan. Sie hat gerade genug im Kopf: ihre Arbeit und Weihnachten und den grässlichen Ausverkauf. Sie lebt im Augenblick.«

»Selbstverständlich«, nickte Stefan. »Dann sagen Sie: Lesen Sie gerne Romane, Lisa?«

»Oh *ja*«, antwortete sie.

»Und was lesen Sie gerade?«, erkundigte er sich.

»Ich bin gerade mit *Anna Karenina* fertig geworden«, erwiderte Lisa, »und kann mich nicht entscheiden, was ich als Nächstes lesen soll. Es gibt so viele Möglichkeiten.«

»Wie wahr«, bestätigte Stefan, »und ich versichere Ihnen, es werden immer mehr. Sehr seltsam. Aber wie hat Ihnen *Anna* denn gefallen?«

»Oh, ich habe das Buch geliebt. Es ist einfach wundervoll«, erklärte Lisa.

»Ja, man kann sich kaum vorstellen, was danach noch kommen soll«, bemerkte Stefan. »Vielleicht sollte es etwas ganz anderes sein. Vielleicht über eine andere Frau, *Emma* zum Beispiel. Haben Sie das schon gelesen?«

»Nein.«

»Na, dann ist doch alles klar«, sagte Stefan. »Ich versichere Ihnen, dass Jane Austen ein ebenso großes Genie ist wie Tolstoi, ganz gleich, was man behauptet. Teilen Sie mir bei Gelegenheit Ihre Meinung mit.«

Lisa lächelte glücklich. Noch nie hatte man so mit ihr geredet. »Ja, das werde ich«, erwiderte sie.

Jetzt meldete sich Magda. »Haben wir keinen Nachtisch?«, erkundigte sie sich. »Kein Obst?«

»Doch, ich hole es«, sagte Stefan.

»Und setz doch den Kaffee auf«, bat Magda.

»Mach ich«, antwortete er.

Er ging in die Küche und kam mit einer Ananas zurück.

»Oh, das wird eine kleine Schweinerei«, bemerkte Magda. »Ich hoffe, das stört Sie nicht, Lisa. Sie müssen auf jeden Fall eine Serviette in den Kragen stecken: Der Saft tropft überallhin.«

Stefan schnitt die Ananas an, und als sie alle tropfend vor sich hin kauten, klingelte es an der Tür. Magda hob den Kopf und riss die Augen auf. »Das wird Rudi sein«, rief sie aus. »Er hat wie kein anderer ein Gespür für Timing.«

22

Stefan öffnete und ließ den Neuankömmling herein, und als Lisa sich umwandte, stand da ein drahtiger, sehr gut aussehender Mann. Er musste etwa Mitte dreißig sein.

»Stefan, altes Haus«, rief er, »und Magda, junges Haus – aber ich hoffe doch, ich komme nicht zu spät? Oder zu früh? Wie geht es euch beiden? Ich habe Kuchen mitgebracht.« Er reichte Magda eine große, flache Schachtel und küsste sie auf beide Wangen.

»Ach, das ist aber nett«, sagte Magda, »der Kuchen kommt gerade recht, denn der Kaffee müsste jetzt fertig sein. Hast du schon zu Mittag gegessen, Rudi? Es ist hier noch ganz viel übrig geblieben. Aber verzeihen Sie, Lisa. Ich möchte Ihnen Rudi Jánosi vorstellen, der gerade nach Sydney gezogen ist, obwohl wir noch nicht wissen, wohin genau. Rudi, dies ist meine Kollegin Lisa Miles.«

»Entzückt, Sie kennenzulernen«, begrüßte Rudi sie höflich.

»Setz dich und iss, wenn du magst«, forderte Magda ihn auf.

»Nein, ich hatte schon was«, erwiderte Rudi.

»Dann machen wir es uns drüben bequem«, erklärte Magda. »Lisa, wenn Sie mit der Ananas fertig sind, setzen wir uns aufs Sofa, um dort Kaffee und Kuchen zu uns zu nehmen. Los, los, setzt euch alle, uff! Vor allem brauche ich jetzt eine Zigarette.«

Sie öffnete ein silbernes Etui und entnahm ihm eine Zigarette. Stefan, der gerade mit einer Kaffeekanne und ein paar Tassen auf einem Tablett hereingekommen war, setzte alles ab und gab Magda Feuer.

»Also, Rudi«, sagte er, »wir haben gerade über Jane Austen geredet. Erzähl doch mal, was du von ihr hältst.«

»Ich muss mir erst noch eine Meinung zu ihr bilden«, erwiderte Rudi. »Weil ich bisher kein einziges Wort von ihr gelesen habe.«

»Aha, ein Banause«, bemerkte Stefan. »So einen wollte ich schon immer mal kennenlernen.«

»Nein, die Wahrheit lautet«, erklärte Rudi, »dass ich eine Schwäche für Charles Dickens habe. Diese Gräuel! Dieser Humor! Weißt du, dass er auf Englisch viel besser ist als auf Ungarisch? Deshalb lese ich alles, was ich schon vor langer Zeit gelesen habe, noch mal. Und es ist sehr amüsant.«

»Auf Serbokroatisch habe ich Dickens nie gelesen«, sagte Magda. »Obwohl ich annehme, dass es das gibt. Aber auch auf Englisch sind seine Bücher unheimlich lang. Dazu habe ich keine Zeit.«

»Magda liest lieber die *Vogue*«, warf Stefan ein.

»Und Agatha Christie«, fügte Magda hinzu. »Aber jetzt sag mal, Rudi, ob du eine Wohnung gefunden hast.«

»Ich hab mir mehrere angeguckt, aber das Hauptproblem ist die Entscheidung, ob ich auf dieser oder der anderen Seite des Hafens wohnen will. Das ist schwierig, weil ich nicht weiß, wo meine Freundin wohnt.«

»Wer ist denn deine Freundin?«, erkundigte sich Magda.

»Ja, weißt du, ich habe sie noch nicht kennengelernt«, erklärte Rudi, »doch das wird schon in Kürze geschehen, und dann möchte ich lieber nicht auf der falschen Hafenseite wohnen. Das wäre eine dumme Zeitverschwendung. Ihr seht: Das ist ein Problem.«

»In diesem Fall lernst du sie besser ganz schnell kennen«, nickte Stefan. »Schließlich kannst du nicht ewig *chez* Benedek bleiben.«

»Vielleicht sollten wir eine Party geben«, sagte Magda. »An Silvester. Die Idee spukt mir schon länger im Kopf herum. Was meinst du, Stefan?«

»Ja, sicher«, antwortete Stefan. »Alles, um Rudi mit einer Freundin und damit auch mit einer Wohnung zu versorgen. Lass uns eine Party veranstalten.«

»Allerdings kennen wir nicht so viele Mädchen«, wandte Magda ein. »Da werde ich mir ganz schön das Hirn zermartern müssen. Lisa hier ist nicht nur zu jung, sondern auch viel zu klug und nett für dich. Aber ich hoffe, sie kommt trotzdem zur Party, wenn sie darf.«

Lisa nickte eifrig. »Oh, das würde ich gern«, sagte sie.

»Mögen Sie Partys?«, fragte Rudi. »Ich hoffe, Sie werden mindestens einmal mit mir tanzen, auch wenn ich zu alt, zu dumm und nicht nett genug bin.«

Lisa lachte und nickte. *Oh,* dachte sie*, das ist das wahre Leben!*

»Wir haben ja den Kuchen ganz vergessen!«, rief Magda aus. »Los, lasst ihn uns essen.«

»Und dann verraten Sie mir, was Sie von ihm halten«, bat Rudi Lisa. »Ich muss sagen, dass es in Melbourne viel bessere Kuchenläden als hier gegeben hat, obwohl das Leben dort ziemlich elend war.«

»In Melbourne *braucht* man auch wesentlich mehr Kuchen«, sagte Stefan, »weil es dort sonst kaum was gibt.«

»Das stimmt«, bestätigte Rudi. »Es ist eine traurige Stadt, ganz und gar nicht, wie sie dort vorgeben, obwohl sie den

Unterschied gar nicht kennen. Sydney jedenfalls ist zweifellos eine richtige Stadt, während Melbourne … tja, es gibt zwar ein paar ernst zu nehmende Bilder im Museum, aber sonst nichts, was eine echte Stadt ausmacht. Außer natürlich den Kuchen.«

»Aber hier ist nicht nur der Kuchen schlechter«, wandte Stefan ein, »die Kunstgalerie ist auch ein Witz.«

»Ja, aber ein höchst geschmackvoller Witz«, nickte Rudi. »Finden Sie nicht auch, Lisa?«

»Ich war noch nie da«, antwortete sie.

»Verstehst du, was ich meine?«, sagte Rudi zu Stefan. »Vielleicht gehen Sie eines Tages mit mir dorthin«, fuhr er zu Lisa gewandt fort, »wenn Sie mir die Ehre erweisen wollen. Zumindest *einen* Besuch ist sie wert.«

Da befand Magda, dass Rudi Lisa mit seinen nichtssagenden Galanterien bereits ausreichend den Kopf verdreht hatte, und sprang auf. »Kommen Sie, Lisa«, sagte sie, »sollen die beiden armen Kerle sich jetzt auf Ungarisch unterhalten, während wir einen Spaziergang machen, was nach dem Kuchen nur ratsam ist. Außerdem will ich Sie nicht zu lange von Ihrer Mutter fernhalten. Aber zuerst machen wir uns ein bisschen frisch. Kommen Sie.«

Sie führte Lisa ins Schlafzimmer.

Als sie sich an einer großen, altmodischen Frisierkommode mit einem dreiteiligen Spiegel niederließ, blieb Lisa unsicher hinter ihr stehen.

»Setzen Sie sich«, sagte Magda und rutschte ein Stück auf dem großen Hocker beiseite, »hier ist genug Platz für uns beide. Sie können diesen Kamm benutzen, er ist sauber.«

Lisa fing an, sich zu kämmen.

»Wissen Sie«, begann Magda, »ich frage mich, wie es wohl aussähe, wenn der Scheitel *hier* wäre«, und sie nahm ihr den

Kamm ab. »Aber setzen Sie mal die Brille ab, sie ist mir ein bisschen im Weg.«

Fügsam saß Lisa mit der Brille in der Hand da, während Magda den Scheitel viel weiter auf einer Seite des schmalen Kopfes zog und die Haare auskämmte.

»Das finde ich extrem hübsch«, befand sie, als sie fertig war. »Schauen Sie mal!«

Lisa starrte in den Spiegel.

»Können Sie ohne Brille sehen?«, fragte Magda.

»Oh ja, die brauche ich eigentlich nur zum Lesen«, erklärte Lisa.

»Warum tragen Sie sie dann immer?«, erkundigte sich Magda.

»Wahrscheinlich, weil ich immer lese«, antwortete Lisa.

»Nun, dann müssen wir Ihnen etwas anderes zu tun geben«, sagte Magda. »Einstweilen lassen Sie sie weg, das ist etwas ganz Neues für Sie. Schauen Sie mal, wie es Ihnen gefällt.«

Lisa betrachtete sich im Spiegel. Es war ein fremdartiger, aber interessanter Anblick. Sie lächelte verlegen.

»Ich glaube, da fehlt noch ein bisschen Lippenstift«, sagte Magda, zog eine Schublade auf und wühlte darin. »Ihr eigener ist schon fast weg, und vielleicht möchten Sie mal eine andere Farbe probieren. Ah, hier, versuchen Sie diesen mal. Ein schönes Rosa, sehr passend für eine *jeune fille*. Ich weiß gar nicht, was der hier zu suchen hat, das ist ganz und gar nicht meine Farbe.«

Lisa trug den Lippenstift auf.

»Abtupfen«, befahl Magda und gab ihr ein Taschentuch.

Nachdem sie das Taschentuch in den Papierkorb geworfen hatte, betrachtete sie Lisas Spiegelbild. »Vielleicht können wir ein anderes Mal etwas mit dem Make-up für die Augen machen«, sagte sie. »Ihre Augen sind hübsch und haben eine interessante Farbe.«

Lisas Augen konnte man jetzt viel besser sehen. Sie waren graublau und hatten einen klaren, weißen Rand.

»Stellen Sie sich mal dahin«, sagte Magda und wies mit der Hand zum Bett, »damit ich die Wirkung im Ganzen sehen kann. Hmmm.«

Lisas Gesicht wirkte nun aufgeweckter und ausdrucksvoller. Sie trug wieder einen ihrer weiten Röcke mit einer weißen Batistbluse.

»Sie haben so eine schlanke Figur«, bemerkte Magda. »Darum beneide ich Sie sehr. Sie könnten einen Gürtel tragen. Ich besitze so viele – dick wie ich bin –, da habe ich bestimmt einen, der auch für Sie passt. Schauen Sie doch mal auf der Innenseite der Schranktür. Los, machen Sie ihn auf, es ist kein Skelett darin.«

Lisa öffnete die Schranktür und sah, dass dort etwa ein Dutzend Gürtel an einer Stange hing.

Magda beobachtete sie. »Versuchen Sie den aus hellbraunem Leder«, sagte sie, »der wird zu Ihren Sandalen passen.«

Lisa nahm den Gürtel und legte ihn um.

»Enger«, befahl Magda, »nehmen Sie das letzte Loch.«

»Habe ich schon«, erwiderte Lisa.

»Dann machen wir ein neues rein«, sagte Magda. »Kommen Sie her.«

Sie wühlte in der Schublade, holte eine Nagelschere heraus und bohrte damit ein neues Loch in den Gürtel. »So«, sagte sie.

Der Gürtel, der natürlich von ausgezeichneter Qualität war, bildete das Tüpfelchen auf dem i und veränderte Lisas ganzes Erscheinungsbild.

»Ça va«, nickte Magda, »*très bien.* Diesen Gürtel nehme ich nicht besonders oft – Sie können ihn behalten. Bei Ihnen sieht er sowieso viel besser aus. Wie wundervoll, eine 55er-Taille zu haben. Und behalten Sie auch den Lippenstift, er hat genau die richtige Farbe für Sie. Den anderen schmeißen Sie weg, nichts ist demoralisierender als eine falsche Farbe. Sie sehen charmant aus – mit ein bisschen mehr Erfahrung werden Sie entzückend aussehen. Um mit den Rudis dieser Welt zurechtzukommen, braucht man alle Waffen, die einem zur Verfügung stehen, das kann ich Ihnen versichern, und in den kommenden Jahren wird es Ihnen daran nicht mangeln.«

Lisa, so glücklich sie auch insgeheim über die Änderung ihrer Erscheinung war, litt Qualen der Verlegenheit. Wild fahndete sie in ihrem Kopf, um ein Thema zu finden, das Magdas Aufmerksamkeit von ihr ablenken konnte.

»Ich dachte«, sagte sie schüchtern, »Sie wären Ungarin, aber Sie sprechen über Ungarn, als wären Sie es nicht.«

»Ich?«, rief Magda aus. »Ich bin *Slowenin*!« Sie sprach das Wort mit Nachdruck aus und riss dabei die Augen auf. »Aber vermutlich wissen Sie nicht, was eine Slowenin ist.«

»Oh doch«, entgegnete Lisa. »Das weiß ich. Slowenien ist ein Teil Jugoslawiens.«

»Mein Gott!«, rief Magda. »Sie sind wirklich ein Genie. Ich kenne nicht einen Australier, der auch nur schon mal von Slowenien gehört hat.«

»Aber wir haben den Balkan in der Schule durchgenommen«, erwiderte Lisa, »wegen des Ersten Weltkriegs, wissen Sie? In Moderner Geschichte. Also kennen viele von uns Slowenien, viele. In den Abschlussprüfungen gab es auch eine Frage dazu, deren Antwort ich wusste.«

»Ich bin über die Maßen erstaunt«, sagte Magda. »Es war

genau richtig, Ihnen meinen Gürtel zu überlassen. Also kennen Sie Slowenien. Nun, irgendwann erzähle ich Ihnen vielleicht mehr darüber, aber nicht jetzt. Jetzt müssen wir spazieren gehen, die Gegend hier ist hübsch, sie wird Ihnen gefallen. Aber vorher präsentieren wir uns noch kurz den Ungarn.«

Als die beiden Frauen sich von den Männern verabschiedeten, wurde Lisa mit Rudis erneuter Einladung belohnt: »Ich sehe Sie auf der Party, die Magda und Stefan in ihrer Klugheit mir zu Ehren veranstalten«, sagte er, »dann können wir auch unseren Besuch in der Kunstgalerie festlegen, nicht wahr? Ich freue mich darauf. Es ist nie zu früh, seinen Sinn für Humor zu kultivieren. Wenn ich Ihnen die Kunstgalerie von New South Wales so zeigen kann, wie sie es verdient, war mein Leben nicht ganz umsonst.«

23

Patty hatte Lisas ungewöhnliche Besprechung mit Magda nicht mitbekommen, sonst hätte sie ganz sicher eine sarkastische Bemerkung fallen lassen. Aber Fay hatte an diesem Samstagvormittag den Eindruck, dass Patty nicht ganz auf der Höhe war. Sie war ungewöhnlich still und verlor kein Wort über Frank oder irgendwelche Pläne fürs Wochenende, was Fay ganz recht war, da sie selbst ja nichts hatte, was sie darauf erwidern konnte. Und so verrichteten die beiden Frauen in einer Atmosphäre ungewöhnlicher Selbstgenügsamkeit ihre Arbeit: Patty fragte sich nicht, ob Fay etwas zu verbergen hatte, und Fay fragte sich nicht, warum Patty so gedankenverloren wirkte.

Glücklicherweise war es an diesem Morgen etwas kühler gewesen; es wehte ein frischer Wind, und selbst jetzt, als Patty nach Hause ging, schien die Sonne eher angenehm als drückend. Leichten Herzens sprang Patty in eine Tram: nicht mal ein Samstagvormittag bei den Cocktailkleidern hatte die fremdartigen Gefühle überdeckt, die seit den Begebenheiten in der Nacht zuvor von ihrem Körper und Geist Besitz ergriffen hatten. Doch in diese angenehme und sogar geheimnisvolle Empfindung von Desorientierung, von Entrückung in ein anderes Element, mischte sich ein Anflug von banger Vorahnung und sogar Furcht.

Wie gestern Nacht hatte sich Frank noch nie zuvor

benommen, nicht mal in ihren Flitterwochen. Noch nie hatte Patty solche Empfindungen gehabt, die sie jetzt so merkwürdig im Bann hielten. Noch nie zuvor hatte sie in der Tram auf einer Bank gesessen und das Gefühl gehabt, gerade in ein Geheimnis eingeweiht worden zu sein – ein so exklusives Geheimnis, dass es keine Worte dafür gab, so exklusiv, dass es nie erwähnt wurde, nie auch nur darauf angespielt wurde, so exklusiv, dass es möglicherweise nur Frank und ihr vorbehalten war. Und diese Vorstellung hatte etwas Furchterregendes an sich, denn sie hatten noch nie zuvor ein Geheimnis geteilt. Dieses Geheimnis setzte sie in eine ganz andere Beziehung zueinander.

Patty erklärte sich selbst all dies nicht so deutlich, wie es hier beschrieben wird, dennoch verstand sie es auf einer Ebene ihres Geistes so glasklar, dass sie spürte – und das mit Recht –, es würde so aufregend wie Furcht einflößend werden, Frank wiederzusehen. Frank wach und nüchtern, Frank, aus dem tiefen Schlaf erwacht, in dem sie ihn an diesem Morgen zurückgelassen hatte. Was würde er tun, was würde er sagen? Dies würde ihre allererste Begegnung in der neuen Welt sein, in der sie ein Geheimnis teilten. Als Patty von der Haltestelle nach Hause ging, war ihr fast schwindelig vor Vorfreude und Besorgnis, und als sie die Haustür öffnete, spürte sie ihr Herz heftig klopfen.

Im Haus herrschte eine Stille, die ihr unter den Umständen ominös erschien, und einen schrecklichen Augenblick lang befürchtete Patty, Frank würde plötzlich wie ein Ungeheuer hinter einem Möbelstück hervorspringen. Doch wo war er, ausgerechnet jetzt? War es wirklich möglich, dass er *jetzt* ausgegangen war? Ließ er sie ausgerechnet jetzt wirklich in ein leeres Haus zurückkehren? War er wirklich spurlos verschwunden und ließ sie allein mit diesem fremdartigen Gefühl, diesem einsamen Bewusstsein ihres gemeinsamen Geheimnisses? Das konnte doch wohl nicht möglich sein!

Sie warf einen Blick ins Schlafzimmer. Auch das war leer, das Bett ungemacht.

Langsam, fassungslos und benommen begab sie sich in die Küche, dann ging sie noch langsamer durchs gesamte Haus. Es empfing sie mit Stille; sie und es waren allein. Sie kehrte in die Küche zurück, setzte sich und brütete dumpf vor sich hin, während das fremdartige Wohlgefühl langsam von ihr wich und nur noch Furcht zurückließ. Und als Frank zur Abendessenszeit immer noch nicht zurückkam, wurde die Furcht mächtiger und erschuf wilde, erschreckende Szenarien in ihrer Vorstellung.

Als sie schließlich zu Bett ging, war sie wie betäubt, und doch zuckten ihr gleichzeitig diese wilden und erschreckenden Szenarien weiter durch den Kopf.

24

Das Wasser im Hafen war schon dunkelblau, als Magda zur Wohnung zurückkehrte: Der Nachmittag schied sanft und leise dahin, wie in diesen Breitengraden üblich.

Stefan bot an, Tee zu kochen.

»Hattet ihr einen schönen Spaziergang?«, erkundigte sich Rudi, der offenbar beabsichtigte, den Abend mit ihnen zu verbringen. »Sollen wir in ein Konzert gehen? Es gibt einen Kammermusikabend im Konservatorium.«

»Ach, du mit deiner Kultur«, sagte Magda. »Mir ist eher nach einem Film. Aber lasst uns das nicht jetzt entscheiden. Ich muss Lisas Mutter anrufen, um ihr zu sagen, dass ihre Tochter sicher auf dem Heimweg ist, denn der Spaziergang hat länger gedauert als geplant, also macht sie sich vielleicht Sorgen.«

Sie ging zum Telefonieren ins Schlafzimmer und kehrte ein paar Minuten später zurück.

»Sehr merkwürdig«, sagte sie. »Anscheinend weiß sie nicht mal den Namen ihres eigenen Kindes; sie spricht ihn ›Lesley‹ aus. Die australische Sprache ist wirklich äußerst bizarr.«

»Ja, ich muss sagen, es ist nicht das Englisch, das ich gerne bei meinen Kindern hören würde.«

»Was zum Problem werden könnte«, teilte Stefan Magda mit. »Rudi hat mir nämlich erzählt, dass er heiraten möchte.«

»Selbstverständlich«, nickte Magda. »Warum auch nicht?

Aber alles zu seiner Zeit. Im Augenblick suchst du erst mal eine Freundin und, nicht zu vergessen, eine Wohnung.«

»Um die Wahrheit zu sagen«, erklärte Rudi, »suche ich eine Freundin, die sich auch zur Ehefrau eignet. Ich möchte nämlich schon bald heiraten. Ich bin es leid, mich mit Mädchen zu verlustieren: Ich möchte mich häuslich niederlassen.«

»Mir will aber keine unserer Freundinnen einfallen, die im richtigen Alter wäre oder eine Tochter im richtigen Alter hätte«, erwiderte Magda. »Vielleicht musst du dich persönlich darum kümmern, wie auch immer.«

»Ich bin nicht wählerisch«, sagte Rudi.

»Nein, du willst nur eine Schönheit unter dreißig, die kultiviert und wenn möglich reich ist«, bemerkte Stefan.

»Natürlich will ich eine Schönheit«, bestätigte Rudi, »aber das Alter ist nicht so wichtig. Kultiviert … Nun, ich habe gehört, dass es hier so was auch gibt …«

»Für was hältst du denn *uns*?«, unterbrach ihn Stefan. »Natürlich sind wir Flüchtlinge kultiviert, wir sind dafür berühmt, wenn nicht gar berüchtigt! Es ist eine unserer unbeliebtesten Eigenschaften.«

»Ach, ihr habt mich falsch verstanden«, entgegnete Rudi. »Ich will keine Flüchtlingsfrau. Ich habe beschlossen, eine Australierin zu heiraten.«

»Bist du wahnsinnig?«, rief Magda aus. »Was soll sie denn von dir wollen? Eine Australierin … Außerdem sind die Kultivierten entweder schon verheiratet oder weg.«

»Weg?«, fragte Rudi. »Wohin?«

»Nach London, manchmal Paris oder sogar Rom«, antwortete Stefan. »Hier wirst du kaum eine finden, und wenn doch, dann spart sie gerade für die Reise nach London, das kann ich dir garantieren.«

»Na dann«, verkündete Rudi, »nehme ich eine Unkultivierte und kultiviere sie höchstpersönlich. Das macht bestimmt Spaß.«

»Ach«, sagte Magda. »Lass das arme Ding doch in Ruhe. Sie ist glücklich so, wie sie ist.«

»Glaubst du das wirklich, Magda?«, fragte Rudi. »Sei ehrlich. Hast du je so eine …«

»Ehrlich gesagt, nein«, unterbrach ihn Magda. »Ich fürchte, du hast recht. Nun denn, du möchtest also eine unkultivierte Australierin kennenlernen und sie glücklich machen, zumindest glücklicher und vielleicht sogar kultiviert. Alles ganz einfach.«

»Ein nettes, starkes, gesundes australisches Mädchen. Einige von denen sind sehr schön«, erklärte Rudi. »Ist euch das noch nicht aufgefallen? So eine jedenfalls möchte ich.«

Stefan lachte. »Seltsamerweise«, sagte er, »kennen wir keine, die deiner Beschreibung entspricht, nicht eine Einzige.«

»Stimmt«, nickte Magda. Doch dann kam ihr ein Gedanke. »Nein, warte«, sagte sie, »das stimmt nicht. So eine kenne ich doch. Sie ist etwa dreißig, wirklich schön ist sie auch nicht, aber nicht übel, natürlich ist ihre *maquillage* grässlich, und sie hat überhaupt keinen Stil, ist aber stark und gesund, soweit ich sehen kann, und jetzt, da ich darüber nachdenke, muss ich sagen, sie wirkt überhaupt nicht wie eine Frau, die geliebt wird.«

»Die würde ich mit Freuden kennenlernen«, verkündete Rudi. »Bitte arrangiere das.«

»Mal sehen«, sagte Magda. »Ich weiß gar nicht, ob du sie verdienst. Mal sehen. Aber jetzt lasst uns mal zu den wichtigen Dingen kommen – gehen wir ins Kino, oder was?«

Und sie fingen an, die Vor- und Nachteile verschiedener Filme gegen die des Kammermusikabends abzuwägen, während es draußen bereits dunkel wurde.

25

Es war fast sechs Uhr, als Lisa endlich zu Hause ankam. Als sie, noch glühend vor Begeisterung über den Nachmittag, in die Küche platzte, stand ihre Mutter an der Spüle und schälte Kartoffeln.

»Hallo, Mum!«, rief sie. »Guck mal!«, und dann drehte sie sich strahlend wie ein Filmstar um die eigene Achse.

Ihre Mutter musterte sie mit verkniffener Miene. »Ach, nur gucken soll ich?«, sagte sie. »*Nur gucken?* Dann erzählst du mir vielleicht mal, was eigentlich in dich gefahren ist! Ich hatte einen Anruf von dieser Magda, bei der du warst, dieser Mrs. Zombie-sowieso, die hat angerufen und Bescheid gesagt, dass du auf dem Heimweg bist, aber die kennt ja nicht mal deinen Namen! Vielleicht liegt es auch an ihrem komischen Akzent, aber sie versuchte mir zu erklären – mir! –, dass dein Name *Lisa* sei. Das stelle man sich mal vor! Und jetzt kommst du zu spät nach Hause. Wo hast du deine Brille gelassen? Verloren? Und was soll die Verspätung? Du hast gesagt, du wärst um vier Uhr hier. Ich weiß nicht, was ich davon halten soll!«

Sofort verpuffte Lisas Hochstimmung, und sie ließ sich auf einen Stuhl plumpsen. Dann nahm sie ihre Brille aus der Tasche, legte sie auf den Küchentisch, saß mit hängenden Schultern da und dachte nach. Schließlich holte sie den Lippenstift aus ihrer Tasche und zog den Deckel ab. Es war ein teurer Lippenstift mit schwerer, goldener Hülle, die Farbe hieß *Angel's Kiss*. Lisa schminkte ihren Mund und hielt dann ihrer Mutter den Lippenstift hin. »Magda hat ihn mir geschenkt«, erklärte sie. »Möchtest du den mal ausprobieren? Er duftet gut.« Sie presste ihre Lippen zusammen. »Und den hat sie mir auch geschenkt«, fügte sie hinzu und zupfte an ihrem Gürtel. »Gefällt er dir?«

Ihre Mutter starrte sie sprachlos an.

»Tut mir leid, dass ich zu spät gekommen bin, Mum«, fuhr Lisa fort, »aber wir haben einen Spaziergang gemacht, der länger dauerte als erwartet. Wir haben uns all die Häuser dort angesehen, und Magda hat über Slowenien erzählt, wo sie herkommt. Danach musste ich bis zur Spit Road laufen, und die Bahn wollte einfach nicht kommen. Es tut mir wirklich leid.«

»Ich weiß nicht, was ich davon halten soll, Lesley«, gab ihre Mutter zurück. »So habe ich dich noch nie erlebt. Ich weiß einfach nicht, was ich denken soll.«

»Da gibt es nichts zu denken«, erwiderte Lisa. »Und Mum, ich wünschte, du würdest mich auch Lisa nennen. So heiße ich nämlich bei *Goode's*. Weil ich dort gesagt habe, das wäre mein Name. Es steht auch so im Formular und so weiter.«

»Wie bitte?«, rief Mrs. Miles aus. »Was bitte? Was soll das heißen? Dein Name ist Lesley!«

»Aber Lesley gefällt mir nicht«, sagte das Mädchen. »Ich möchte Lisa sein. Und das werde ich auch. Das bin ich!« Und dann brach sie genau in dem Moment in Tränen aus, als ihre überreizte, entsetzte Mutter anfing zu weinen.

Beide Frauen heulten eine Weile für sich, dann blickte Lisa auf. Mrs. Miles wischte sich gerade mit der Schürze die Tränen weg. »Lisa«, sagte sie. »*Lisa*. Was meinst du eigentlich, wie es sich anfühlt, wenn das eigene Kind einem sagt, es will einen anderen Namen? Für mich warst du immer Lesley und wirst es auch immer bleiben. Was ist denn so falsch daran? Ist doch ein schöner Namen. Lisa? Das ist ein Schlag ins Gesicht. Und diese Fremden …«

»Magda ist keine Fremde, sondern meine Freundin«, widersprach Lisa.

»Eine schöne Freundin«, rief Mrs. Miles aus. »Ich kenn sie ja nicht mal!«

»Tja, das ist aber nicht meine Schuld«, gab Lisa zurück. »Trotzdem ist sie meine Freundin, und Stefan ist mein Freund.«

»Wer ist Stefan?«, fragte Mrs. Miles alarmiert.

»Nur Magdas Ehemann«, antwortete Lisa.

Sie hielt es für besser, Rudi erst mal nicht zu erwähnen.

»Er ist sehr nett. Wir haben uns über Bücher unterhalten. Und ich werde zu ihrer Silvesterparty gehen, *wenn du mich lässt.* Magda hat gesagt, ich soll dich um Erlaubnis fragen.«

»Das will ich aber auch meinen!«, rief Mrs. Miles. Sie senkte den Blick zu dem Linoleumboden und war insgeheim etwas besänftigt durch dieses Beispiel slowenischer Höflichkeit. »Wir werden sehen«, murmelte sie. »Aber Lisa? Lisa! Wie konntest du nur? Einfach deinen Namen ändern, ohne ein Wort zu mir? Wie hinterhältig!«

»Ach Mum«, erwiderte Lisa. »Ich wollte dich nicht hintergehen, wirklich nicht. Ich wollte nur … Ich wollte einen echten Mädchennamen. Lesley ist ein *Jungenname.*«

»Nein, auch ein Mädchenname«, entgegnete ihre Mutter. »Für einen Jungen wird er anders buchstabiert.«

»Klingt aber trotzdem gleich«, bemerkte Lisa, »und das ist das Entscheidende. Ich wollte als Erwachsene einen richtigen Mädchennamen. Ich war so lange ein Kind, jetzt will ich erwachsen sein.«

»Oh Lesley …«, seufzte ihre Mutter. »*Lisa.* Wenn du nur wüsstest, wie es sein kann, erwachsen zu sein, dann würdest du es nicht so schnell werden wollen.«

»Ach, Mum«, sagte Lisa plötzlich betroffen. Sie stand auf, ging zu ihrer Mutter und umarmte sie.

Mrs. Miles waren wieder Tränen in die Augen gestiegen, die ihr jetzt die Wangen hinunterströmten.

»Bitte weine doch nicht, Mum«, bat Lisa.

»Ach, Kind, ich weiß einfach nicht, was ich denken soll«, schluchzte Mrs. Miles. »Ich hab immer gewusst, dass ich dich eines Tages verlieren würde. Aber ich hatte nicht erwartet, dass es so bald passieren könnte.« Und damit heulte sie laut auf.

»Mum, Mum, *bitte*, weine doch nicht«, flehte Lisa, die selbst wieder den Tränen nahe war. »Du *hast* mich nicht verloren, und du *wirst* mich auch nicht verlieren – niemals! Du bist doch meine Mutter, wie könntest du mich verlieren? Ich werde *immer* bei dir bleiben.«

»Nein, Lesley, Lisa, so was kannst du nicht sagen«, widersprach ihre Mutter und wischte sich erneut die Tränen weg. »Du wirst heiraten und fortgehen, vielleicht sogar ins Ausland – das machen mittlerweile alle Mädchen. Du kannst nicht für immer bei mir bleiben, oder? Das wäre nicht richtig. Ich bin nur selbstsüchtig.«

»Nein, bist du nicht«, erwiderte Lisa. »Und selbst wenn ich heirate oder weggehe, bleibst du meine Mutter, und ich werde dich ganz oft besuchen.«

»Das hoffe ich«, sagte Mrs. Miles.

Sie fassten kurz die vor ihnen liegende Zukunft ins Auge und wandten dann den Blick ab von den unfassbar geheimnisvollen und möglicherweise tragischen Aussichten.

»Versuch nur, ein anständiges Mädchen zu sein, Lesley«, sagte ihre Mutter. »Darauf kommt es an.«

»Aber *natürlich*«, nickte Lisa. »Wenn du willst, kannst du mich auch weiterhin Lesley nennen«, fügte sie hinzu.

Da endlich lächelte ihre Mutter. »Mal sehen«, sagte sie. »Ich muss erst mal sehen, was ich davon halten soll. Vielleicht, wenn du wirklich sehr brav bist, nenne ich dich Lisa. Das kommt drauf an.«

Daraufhin lachten beide und lösten sich voneinander.

»Aber jetzt mache ich besser mal die Kartoffeln fertig«, sagte Mrs. Miles und wandte sich wieder zur Spüle. Dabei betrachtete sie Lisa aus dem Augenwinkel.

Das Mädchen beugte sich über den Küchentisch und sammelte Brille, Lippenstift und Handtasche ein, und mit einem Mal bemerkte Mrs. Miles die weibliche Anmut ihrer Gestalt, die durch den breiten Ledergürtel hervorgehoben wurde.

»Weißt du was? Dieser Gürtel sieht wirklich schön aus«, sagte sie. »Das ist bestimmt ein sehr guter. Es war ausgesprochen nett von Magda, ihn dir zu schenken. Ich hoffe, du hast dich anständig bedankt.«

Lisas Gesicht leuchtete auf. »Aber *natürlich*«, sagte sie. »Und für den Lippenstift. Willst du den jetzt mal ausprobieren?«

»Später«, wehrte ihre Mutter ab. »Aber er hat eine sehr schöne Farbe, die dir auch gut steht. Ich muss sagen: Du sieht wirklich sehr nett aus. Magda muss dich mögen, wenn sie sich so viel Mühe mit dir gibt.«

»Tja, kann sein«, sagte Lisa unsicher.

»Obwohl ich nicht wüsste, warum«, bemerkte Mrs. Miles.

»Ich auch nicht«, nickte Lisa, »wo ich doch so ein grässliches Mädchen bin.«

»Aber du bist ja noch in der Entwicklung«, erklärte ihre

Mutter. »Da hast du noch ein bisschen Zeit. In ein paar Jahren könntest du richtig nett sein. Wir werden sehen. Im Moment möchte ich, dass du dich hinsetzt und die Erbsen für mich pulst.«

»Also darf ich zur Party gehen?«, fragte Lisa.

»Mal schauen«, erwiderte Mrs. Miles. »Pule du erst mal die Erbsen, und ich denke darüber nach.« Eine Weile herrschte Schweigen, und dann hörte man, wie sie mehr zu sich selbst sagte: »*Lisa*. Nicht zu fassen.«

26

Kaum war Fay von *Goode's* zu Hause gelandet, nahm sie ihre Wohnung in Angriff. Das Schlachtfeld war nicht besonders groß und bestand lediglich aus einem geräumigen Zimmer mit zwei Sesseln, einem Sofabett, ein paar Tischchen und einer Küchenzeile. Das Bad teilte sie sich, musste es eigentlich nicht putzen, tat es aber oft.

Als sie ihre Wohnung fertig hatte, wusch sie ihre Wäsche in der Maschine ihrer Vermieterin und hängte sie draußen auf die Leine, wo sie fröhlich in der Meeresbrise flatterte. Dann nahm Fay ein Bad, wusch sich die Haare und machte sich die Nägel.

Zum Abendessen hatte sie die *Women's Weekly* bereits ausgelesen. Daher setzte sie sich, nachdem sie sich überbackene Makkaroni gekocht hatte, auf den Boden, um zu essen, schlug *Anna Karenina* auf und begann zu lesen.

Und Sonntag am späten Abend dachte sie: *Es ist wirklich faszinierend, wie schnell die Zeit vergeht, wenn man ein Buch liest. Das wusste ich gar nicht.*

27

Mrs. Crown saß an dem kleinen Tischchen im Flur und telefonierte. »Was soll das heißen, ihr kommt nicht?«, fragte sie gerade. »Ich habe extra eine große Lammkeule gekauft, die ist eben im Ofen gelandet, und das Gemüse ist auch schon bereit. Also, wieso kommt ihr nicht?«

Patty erschauerte vor Ratlosigkeit. Das hier würde wesentlich schwieriger werden, als sie gedacht hatte: Es war ein Albtraum.

»Frank fühlt sich nicht wohl«, sagte sie. »Er schafft es nicht.«

»Frank fühlt sich nicht wohl«, rief ihre Mutter aus. »So was habe ich ja noch nie gehört! Frank strotzt immer vor lauter Gesundheit. Was hat er denn?«

»Ach, ich weiß nicht«, antwortete Patty, »nichts Besonderes, er braucht nur mal einen Tag für sich. Hat keinen Appetit, fühlt sich krank.«

»Na, dann braucht er vielleicht einen Arzt. War der schon da?«, erkundigte sich Mrs. Crown.

»Nein, nein«, wehrte Patty ab. »Ich glaube nicht, dass er einen Arzt braucht. Ich warte erst mal ab, wie es ihm morgen geht.« Und dann fing sie an zu weinen.

»Patty Williams, geborene Crown«, tönte ihre Mutter, »ich komme jetzt sofort zu euch, auch wenn das Lamm im Ofen ist. Ich schalte den Ofen aus und komme direkt zu euch, obwohl das Fleisch dann ruiniert ist. Wenn du mir nicht auf der Stelle sagst, was los ist, komme ich und sehe selbst nach. Wenn dir das Lamm egal ist, dann ist es mir auch egal.«

»Nein!«, schluchzte Patty auf, »lass es im Ofen. Ich komme schon, ich komme allein. Ich brauche nur ein bisschen Zeit, um mich fertig zu machen.«

Sie war noch nicht mal angezogen. Um sechs Uhr morgens war sie in ihrem leeren Bett aufgewacht und hatte seitdem wie gelähmt in ihrer Küche gesessen und blicklos auf die Titelseite der Sonntagszeitung gestarrt.

»Ich komme, so schnell ich kann«, versicherte sie. »Lass das Lamm im Ofen.«

Sie spähte, wie schon als Kind, durch das Buntglas an der Haustür ihrer Mutter und drückte die Klingel.

»Patty«, sagte ihre Mutter, die mit ihrer Schürze an der Tür erschien, »jetzt kommst du erst mal rein und erklärst mir das Ganze.«

Sie gingen durch den langen, schmalen Flur in die Küche, wo man das Fleisch im Ofen laut brutzeln hörte. Der Tisch war bereits für fünf Personen gedeckt.

»Oh Gott«, sagte Patty und ließ sich auf einen Stuhl sinken, »kommt Joy etwa auch?«

»Nein, nur Dawn und Bill«, erwiderte Mrs. Crown. »Die Kinder sind mit den Nachbarn zum Strand.«

»Wenigstens etwas«, bemerkte Patty. »Joy könnte ich jetzt nicht ertragen.«

Mrs. Crown stellte den Wasserkessel auf den Herd. »Ich mache Tee«, verkündete sie, »und du erzählst mir, was los ist. Auf der Stelle.«

»Frank ist verschwunden«, sagte Patty.

»Was?«, fragte ihre Mutter.

»Er ist weg«, erklärte Patty. »Als ich gestern nach Hause kam, war er weg. Und ist seitdem nicht wiederaufgetaucht.«

»Hast du das schon der Polizei gemeldet?«, fragte Mrs. Crown, die vor lauter Schreck ganz bleich geworden war. »Vielleicht hatte er einen Unfall.«

»Dort hieß es, ich solle mir noch keine Sorgen machen«, erwiderte Patty. »Sie meinten, so was würde ständig passieren. Ich solle erst zur Wache kommen und eine Vermisstenmeldung aufgeben, wenn er in einer Woche noch nicht wieder da wäre. In einer Woche!« Damit brach sie in Tränen aus.

Ihre Mutter setzte sich neben sie und tätschelte ihr die Schulter. »Na, na«, sagte sie, »aber, aber. Wein dich nur aus.«

Patty weinte sich aus.

»Aber das verstehe ich nicht, Patty«, setzte Mrs. Crown erneut an. »Habt ihr euch gestritten?«

»Nein!«, stieß Patty hervor.

Sie konnte ihrer Mutter schlecht sagen, was sie stattdessen getan hatten. Gestritten! Die Erinnerung an ihr fremdartiges gemeinsames Geheimnis kam ihr jetzt vor wie ein Traum, wie etwas, das nie wirklich passiert war.

»Ich versteh's doch auch nicht«, sagte sie. »Wirklich nicht.« Und wieder begann sie zu weinen.

»Hör mal, Patty«, erklärte Mrs. Crown, »ich will dir jetzt mal was sagen. Niemand versteht die Männer. Wir verstehen sie nicht, sie verstehen sich selbst ja nicht mal. So ist das eben. Deshalb machen sie auch ständig solche gemeinen Dummheiten wie einfach wegzugehen. Da könnte ich dir Geschichten erzählen! Aber am Ende kommen sie immer zurück. Jedenfalls normalerweise. Und die, die nicht zurückkommen, sind auch nichts wert, glaub mir. Frank wird zurückkommen, wirst sehen. Die kommen doch gar nicht allein zurecht, die Männer. Sie glauben es zwar, aber sie können es nicht. Sie sind wie Kinder.«

Beim letzten Wort weinte Patty nur noch heftiger, und ihre Mutter tätschelte ihr wieder die Schulter. »So, Patty«, sagte sie schließlich, »jetzt wisch dir die Tränen ab und wasch dein Gesicht, dann trinken wir Tee. Ich schiebe in der Zwischenzeit das Gemüse in den Ofen.«

Sie stand auf, und Patty ging ins Bad.

Als sie kurz darauf heißen Tee tranken, betrachtete Mrs. Crown ihre Tochter. Die arme kleine Patty, immer eingequetscht zwischen der resoluten Dawn und der selbstbewussten Joy. Patty war auch ihrer eigenen Familie immer ein Rätsel gewesen.

»Du weißt ja, dass ich finde, du solltest dein Haar länger tragen«, bemerkte Mrs. Crown. »Wieso lässt du es nicht ein bisschen wachsen? Das würde dir stehen.«

»Ja«, antwortete Patty dumpf, »kann sein.«

»Also«, setzte Mrs. Crown erneut an, »was genau hat Frank mitgenommen? Viele von seinen Kleidern?«

»Ich hab nicht nachgeschaut«, antwortete Patty. »Ist mir gar nicht eingefallen. Ich habe nur gewartet, weil ich dachte, er käme jeden Moment zurück.«

»Kann ja auch sein«, erwiderte ihre Mutter, »aber es würde nicht schaden, mal nachzusehen. Ich begleite dich später nach Hause, dann prüfen wir das. Und du kannst ein paar Sachen einpacken und bei mir wohnen, solange dieser selbstsüchtige Mistkerl über die Dörfer geht und nur Unglück verbreitet.«

»Nein!«, rief Patty aus. »Ich muss zu Hause bleiben, falls er zurückkommt.«

»Hmpf«, machte Mrs. Crown. »Das verdient der Kerl doch

gar nicht. Überleg mal. Geschieht ihm recht, wenn er zurückkommt, und du bist nicht da. Männer! Alles Egoisten. Denken einfach nicht nach!«

»Bitte sag Joy nichts davon«, bat Patty. »Oder Dawn.«

»Also, ich weiß nicht«, entgegnete Mrs. Crown. »Wir können doch nicht behaupten, dass er krank ist, oder? Dawn würde das genauso wenig glauben wie ich. Das weiß ich. Sagen wir lieber, er ist für ein paar Tage geschäftlich unterwegs – wäre doch denkbar, oder nicht? Schließlich hat er das früher auch gemacht, als er noch Vertreter war. Wir können sagen, er ist für jemanden eingesprungen. Und dann warten wir erst mal ab. Zu schade, dass das so kurz vor Weihnachten passieren muss. Weihnachten sollte er besser wieder da sein, mehr sage ich nicht, sonst hat er mir einiges zu erklären, mehr sage ich nicht!«

Mrs. Crown wirkte so zornig, dass sich Patty zu ihrer Überraschung seltsam getröstet fühlte und nun ihrerseits richtig wütend wurde. Frank war ein selbstsüchtiger Mistkerl! Wie alle Männer. Aber sie kamen einfach nicht allein zurecht.

28

Die Szene, die sich dem militärisch geschulten Auge des Offiziers der ruritanischen Armee bot, als er Lady Pyrke einen Tag vor Weihnachten um elf Uhr durch die Türen von *Goode's* führte, war die reine Hölle, Höllenlärm inklusive. Zum *obbligato* Hunderter angestrengter Wortwechsel zwischen den schwarz gekleideten Verkäuferinnen und ihren Kundinnen kam das schrille Klingeln der Kassen, die Rufe der Liftboys – »Aufwärts!« – und das missmutige Geschrei von großen und kleinen Kindern, die nicht bei den Nachbarn hatten untergebracht werden können: Die Frauen von Sydney oder zumindest ein erschreckend großer Teil von ihnen erledigten immer noch ihre Weihnachtseinkäufe, und wie sich der Oberstleutnant sagte, konnte es im Verlauf des Tages nur schlimmer werden, denn die Massen würden noch zunehmen, wenn die Büroangestellten früher Feierabend machten, wie so viele von ihnen es an Heiligabend zu tun pflegten.

Lady Pyrke rauschte gemächlich die Marmortreppe hinunter ins Getümmel, als würde sie in die Heilquellen von Baden-Baden steigen. In Zeiten wie diesen, dachte der Oberstleutnant, zahlte es sich wirklich aus, *non compos mentis* zu sein: *Viel Glück, altes Mädchen!* Er sah ihr nach, wie sie gelassen zur Ladentheke mit den Taschentüchern segelte, und wandte sich wieder zur Straße.

In der zweiten Etage ging es etwas ruhiger zu. Hier herrschte lediglich eine Atmosphäre kontrollierter Getriebenheit. Es war schon erstaunlich, dachte Mr. Ryder, wie viele Damen bis zur letzten Sekunde warteten, um ihre Kleider zu kaufen. Doch hier waren sie alle, verschwanden mit einem Arm voller Sachen in den Umkleiden, um sie alle gleichzeitig anzuprobieren und das ohnehin schon strapazierte Personal noch mehr zu verwirren. Da war zum Beispiel Lisa, die halb begraben unter einem Berg Cocktailkleider aus der Umkleide auftauchte, nachdem die Kundin das gefunden hatte, was ihr stand (oder auch nicht). Wenn sonst nichts im kurzen Leben der Kleider dafür sorgte, dass sie im Preis herabgesetzt wurden, dann war es dieser letzte Einkaufstag vor Weihnachten: Danach taugten sie nur noch für den Ausverkauf.

Selbst bei den Modellkleidern herrschte ein derartiger Betrieb, dass es schon fast an vulgären Schlussverkauf erinnerte. Hochzufrieden bemerkte Mr. Ryder, dass Magda – die Unvergleichliche, die jeden Penny wert war! – im Moment nicht weniger als drei verschiedene Kundinnen bediente. Aber mit welcher Ruhe, mit welch gleichbleibendem Takt! Und *das* bedeutete, aus dem Stand heraus, mindestens fünfhundert Guineen. Wenn das kein schöner Anblick war, wollte er seinen Hut fressen.

Und da war Fay Baines, die von einer zufriedenen Kundin eine Handvoll Geldscheine im Empfang nahm, während noch vier weitere hinter ihr Schlange standen, und hier wieder Lisa, die erneut mit einem Arm voller Kleider zu den Stangen zurückkehrte. Miss Jacobs, die, unerschütterlich wie immer, einer *echten* Matrone vom North Shore erklärte, dass es das von ihr gewünschte Kleid nicht in ihrer Größe gab. Patty Williams, die schrecklich blass und – zumindest fast schon – interessant wirkte, wie sie eine Quittung ausstellte. *Aber, Mrs. Williams,* dachte er, *wenn Sie krank werden wollen, dann seien Sie doch so gut und warten Sie bis halb sechs.* Er lächelte ihnen allen ermutigend zu, während er weiter seine Runde machte.

In der Mittagspause rannte Lisa, nachdem sie sich umgezogen hatte, in die heiße, überfüllte Innenstadt, um Weihnachtsgeschenke zu kaufen. Sie hatte in der Woche zuvor die nötigen Erkundigungen angestellt und flitzte jetzt kurz zu *Grahame's*, um ein Exemplar von *Die Geschichte britischer Vollblüter* für ihren Vater zu kaufen, das reich illustriert war und auf dem Einband ein schönes Bild von Godolphin Barb zeigte. In der Rowe Street erstand sie eine winzige Schnupftabaksdose aus Perlmutt für ihre Mutter. Die Kosten für die Geschenke waren nur etwas höher als ein Wochenlohn.

Danach sah sie in der Kantine Patty Williams, die ziemlich krank wirkte. Sie fragte sich, ob sie sie ansprechen sollte, entschied sich aber dagegen, da Pattys Gesicht einen so schrecklichen Ausdruck zeigte, wie sie ihn bei ihr noch nie gesehen hatte – und auch sonst niemand.

Oh, dieser Mistkerl, dachte Patty gerade, *dieser elende Mistkerl. Dieser selbstsüchtige Scheißkerl, der mich einfach so im Stich lässt! Für wen hält der mich eigentlich? Einfach so abzuhauen, ohne ein Wort, und ich kann sehen, wie ich klarkomme. Na, vielen Dank.*

Erst heute Morgen beim Aufwachen war Patty plötzlich bewusst geworden, dass Frank wahrscheinlich nicht nur von zu Hause, sondern auch von der Arbeit verschwunden war, und dass sie ihn dort wohl besser entschuldigte. Aber was, wenn er nur daheim fernblieb? Ein furchtbarer Gedanke! Also rief sie in der Mittagspause ihre Mutter an und bat sie, bei Franks Arbeitsstelle nach ihm zu fragen, um zu erfahren, ob er da war oder nicht.

Sie wartete zehn Minuten und rief ihre Mutter ein zweites Mal an.

»Er ist nicht da«, verkündete Mrs. Crown. »Aber ich hab ihnen gar nichts verraten. Auch nicht, wer ich bin oder so. Es hieß nur, Mr. Williams wäre heute nicht gekommen, er wäre vermutlich krank, hätte sich aber noch nicht gemeldet. Sie meinten, wenn ich mehr wissen wollte, sollte ich dich anrufen. Hmpf! Ruf dort also besser sofort an und sag, er ist krank, du wüsstest nicht, wann er wieder zur Arbeit käme. Das wird dann erst mal reichen.«

Als Patty kurz darauf tatsächlich mit Franks Chef sprach – *dem schleimigen Bastard* –, der auf sie sehr nett und wie ein echter Gentleman wirkte, da entdeckte sie, wie einfach es ist, wenn man erst mal angefangen hat zu lügen, diese Lüge auch überzeugend klingen zu lassen. Sie war von sich selbst überrascht.

»Es geht ihm nicht gut«, erklärte sie. »Ich glaube nicht, dass er diese Woche überhaupt noch kommen kann. Ich würde sagen, bis zum neuen Jahr wird er noch brauchen. Es tut mir wirklich leid.«

»Ach, das ist ja schrecklich, Mrs. Williams«, erwiderte Franks Chef. »Richten Sie ihm aus, er soll sich tüchtig ausruhen und nur zurückkommen, wenn er wieder ganz auf dem Damm ist, wir kriegen das schon ohne ihn hin, so viel Betrieb ist momentan auch nicht. Wir hoffen, ihn dann direkt nach Neujahr wiederzusehen. Sagen Sie uns bitte Bescheid, wenn er noch länger krank ist. Jedenfalls wünsche ich Ihnen schöne Weihnachten. Und alles Gute.«

So, das hatte sie Gott sei Dank hinter sich. Aber dieser

Mistkerl, dieser selbstsüchtige Mistkerl. Sie einfach mit allem allein zu lassen. Wo war er? Was machte er? Er hatte eine alte Reisetasche, ein paar Kleider und seinen gesamten Lohn für zwei Wochen mitgenommen, abzüglich des Haushaltsgeldes, das er ihr schon am Donnerstagabend gegeben hatte. Er hatte das alles geplant, hatte genau gewusst, was er tat. Dafür gab es keine Entschuldigung. Es war selbstsüchtig, einfach nur selbstsüchtig. *Für wen hielt er sie eigentlich?*

29

Der Wahnsinn wurde im Verlauf des Nachmittags immer schlimmer, näherte sich gegen vier Uhr allgemeiner Hysterie und um fünf reiner Panik. Die letzte halbe Stunde verlangte den Angestellten von *F.G. Goode's* so viel ab, dass sie es nur mithilfe ihrer angeborenen stoischen Ader überstanden. Dann endlich waren die allerletzten Weihnachtseinkäufe über die Bühne gebracht, die widerstrebenden Kunden nach draußen gedrängt und die großen Türen aus Mahagoni und Glas ganz schnell hinter ihnen geschlossen und verriegelt worden.

Fay rannte die Feuertreppe hoch, um sich umzuziehen und ihre Reisetasche zu holen: Wenn sie rechtzeitig zum Hauptbahnhof kommen wollte, um dort mit Myra den frühen Abendzug Richtung Blue Mountains zu erwischen, blieb ihr keine Minute Zeit.

Patty folgte ihr langsam; der grauenhafte Tag war überstanden, nun drohte der noch grauenhaftere Abend. So furchtbar Franks Verschwinden auch war, so war die Vorstellung, er könnte zurückkommen und sie würden sich unter diesen neuen, schrecklichen Umständen begegnen, in gewisser Weise noch furchtbarer. Mühsam schleppte sie sich zu ihrem Schließfach. Seltsam, wie müde sie war. Das war nicht die Erschöpfung nach einem langen Arbeitstag, sondern eine fast tödliche Lethargie, so als wäre sie krank. Die Fahrt nach Hause türmte sich wie ein unüberwindliches Hindernis vor ihr auf.

Lisa hingegen sprang leichten Herzens die Treppe hinauf. Da war auch Magda, mit der sie diesen ganzen außergewöhnlichen Tag hindurch nicht hatte sprechen können. Sie rief ihre Freundin, die sich prompt umdrehte.

»Ah, Lisa«, sagte sie mit freundlichstem Lächeln, »wie geht es Ihnen heute Abend? Ist doch aufregend, dieser Heiligabend-Trubel, finden Sie nicht? Ich habe an diesem Nachmittag *vier* Modellkleider verkauft, und zwar alle an Damen, die heute Abend auf der Party von Mrs. Martin Wallruss eingeladen sind und in letzter Minute Panik bekamen, von anderen ausgestochen zu werden. Ich lach mir einen Ast. Sagen Sie, haben Sie Ihre Mutter schon gefragt, ob Sie zu meiner Party kommen dürfen? Sie werden kein Modellkleid kaufen müssen, um angemessen zu erscheinen, es ist völlig ausreichend, wenn Sie in einem Ihrer Kleider kommen.«

»Oh ja, ich habe gefragt«, nickte Lisa. »Sie bat mich, Ihnen zu danken, ich darf kommen – und ich freue mich *sehr* darauf.«

»Wunderbar«, sagte Magda. »Dann wünsche ich Ihnen und Ihrer Familie fröhliche Weihnachten – so!« Und damit küsste sie Lisa auf die Wangen. »Aber jetzt«, fügte sie hinzu, »muss ich *pronto* noch mit jemand anderem sprechen. Also bis dann, Lisa.«

Fay kam gerade aus der Umkleide, als Magda ihr ihre elegante Hand auf den Arm legte. »Dürfte ich Sie für fünf Sekunden aufhalten?«, fragte sie mit einem bezaubernden Lächeln.

»*Mich*?«, fragte die junge Frau überrascht.

Magda lachte. »Ich habe eine Bitte an Sie«, erklärte sie. »Mein Mann und ich geben eine Silvesterparty und würden uns sehr freuen, wenn Sie auch kommen könnten. Es werden viele Leute dort sein, von denen zumindest einige hoffentlich interessant für Sie sein werden. Sie würden uns einen großen Gefallen tun, denn tatsächlich sind wir ein bisschen knapp mit jungen Damen – lächerlich, oder? Normalerweise sind doch eigentlich die jungen Männer dünn gesät. Aber was ist schon eine Party ohne viele attraktive Mädchen? Bitte sagen Sie zu! Lisa wird auch da sein, Sie werden sich nicht ganz fremd vorkommen.«

»Also«, begann Fay, außerstande, einen klaren Gedanken zu fassen, so verblüfft war sie über die Einladung und zudem in schrecklicher Eile, »danke, ich glaube, ich könnte kommen … an Silvester … Das wäre wirklich nett. Ja, danke!«

Merde, dachte Magda. *Gott sei Dank ist das erledigt. Jetzt hat Rudi sein gesundes australisches Mädchen, was auch immer es ihm bringen mag.*

»Weißt du was, diese Magda«, sagte Fay zu Myra, als sie in dem Zug saßen, der langsam durch die Vororte Richtung Blue Mountains zuckelte, »du weißt schon, die von den Modellkleidern ...«

»Ach ja«, nickte Myra, »ich weiß.«

»Also, die hat mich zu ihrer Silvesterparty eingeladen.«

»Ach du lieber Gott! Gehst du hin?«

Myra hatte versucht, Fay zu überreden, mit einer großen Gruppe von Bekannten zur Silvestergala in ihren Nachtclub zu kommen, wo sie selbst arbeiten und viel zu tun haben würde, und zwar in einem neuen smaragdgrünen Chiffonkleid mit einer Orchidee aus silbernen und schwarzen Pailletten an der Schulter.

»Tja, ich habe gesagt, ich könnte kommen«, antwortete Fay. »Man weiß ja nie.«

»Es könnte nett werden«, bemerkte Myra. »Diese Europäer haben jedenfalls immer was Gutes zu essen und zu trinken. Da kennen sie sich aus. Außerdem, wer weiß, du könntest jemand Interessanten kennenlernen.«

»Ach, ich glaube, da sind nur Europäer«, erwiderte Fay. Dann dachte sie plötzlich: *wie Graf Wronski. Der muss doch auch Europäer gewesen sein.*

»Sind Russen Europäer?«, erkundigte sie sich bei Myra.

»Wen meinst du?«, fragte Myra zurück.

»Ach, niemand Besonderen«, wich Fay aus. »Ich hab nur so gefragt.«

»Also, ich glaube, ja«, antwortete Myra. »Aber du weißt doch, dass die Russen nicht ausreisen dürfen. Man sieht eigentlich nie welche, oder? Die sind alle in Russland.«

»Stimmt wohl«, sagte Fay. »Aber wenn sie rausdürften, dann wären sie Europäer, oder nicht?«

»Oh ja, ich glaube schon«, nickte Myra. »Diese Leute von da oben sind alles Europäer.«

30

Dawn unterhielt sich am Telefon mit Joy. »Du wirst *kein Wort* sagen«, befahl sie streng. »Kein Wort, sonst rede ich nie wieder mit dir. Schließlich ist Weihnachten.«

»Welchen Unterschied macht das?«, gab Joy zurück. »Er ist weg, oder etwa nicht? Weihnachten hin oder her. Früher oder später werden wir es sowieso erfahren, also kann es genauso gut früher sein.«

»Jetzt hör mir mal zu, Joy«, sagte Dawn ernst, »ich habe Mum *hoch und heilig* versprochen, mir nichts anmerken zu lassen. Sie hat mich schwören lassen. Ich hab's dir nur erzählt, weil ich dachte, du würdest sowieso irgendwas ahnen und dann noch mehr Ärger bei dem Versuch machen, es rauszukriegen. Also darfst du dir auch nichts anmerken lassen.«

»Jaja, typisch«, erwiderte Joy, »nur weil ich die Jüngste bin, darf ich nicht mal wissen, was in meiner eigenen Familie vor sich geht. Typisch. Tja, ich kann es trotzdem rauskriegen, dazu brauche ich keine Hilfe.«

»Ehrlich, Joy«, sagte ihre ältere Schwester entnervt, »jetzt sei doch nicht so. Ich hab dir *erzählt*, was los ist, ich hab dir alles gesagt, was ich weiß. Ich finde nur, dass es keine gute Idee ist, an Weihnachten darüber zu reden. Wie würde dir das denn gefallen? Sie versucht, sich nichts anmerken zu lassen, sie *will* nicht darüber reden, das ist doch verständlich. Also halt einfach den Mund, ja?«

»Also, wenn du meinst«, antwortete Joy leichthin und bewunderte dabei ihre neuen, schicken Sandalen, die sie bei *Farmer's* gekauft hatte, weil sie auf den Personalrabatt bei *Goode's* pfiff. »Ist mir egal. Ich finde es nur albern, sich zu verstellen vor der eigenen Familie. Wenn mir so was passierte, würde ich mich nicht verstellen wollen.«

»Nein, aber du bist anders«, sagte Dawn. »Es ist nicht jeder wie du. Patty will ihre Privatsphäre schützen, verstehst du?«

»Du meinst, Patty liebt Geheimnisse«, entgegnete Joy. »Sie war schon immer eine Geheimniskrämerin. Tja, meinetwegen kann sie ihr Geheimnis für sich behalten.«

»Gut«, sagte Dawn. »Dann sagst du also kein Wort. Auch nichts zu Mum, sonst merkt sie, dass ich es dir erzählt habe. Sie selbst hat es mir nur verraten, weil sie sich solche Sorgen macht. Sie hat gefragt, ob ich glaube, dass er für immer weg ist. Natürlich nicht, hab ich versichert. So weit würde Frank doch nicht gehen. Das musste ich sagen, damit sie sich nicht noch mehr sorgt. Aber ich weiß nicht. Frank ist ein stilles Wasser, das fand ich schon immer.«

»Oh Gott«, schnaubte Joy. »Frank ist kein *stilles Wasser*, Frank ist ein Schwachkopf! So weit gehen? Ohne Führer käme der nicht mal bis nach Manly. Er hat sich nur aus einer unangenehmen Lage verdrückt, kommt aber sicher zurück, leider! Die arme alte Patty.«

»Jetzt hör aber auf«, wandte Dawn ein. »Frank ist schon in Ordnung, er ist nur ein bisschen ...«

»Dumm«, sagte Joy. »Beschränkt.«

»Still, wollte ich sagen«, stellte Dawn klar.

»Und momentan noch stiller als sonst«, konterte Joy und gackerte los.

»Joy«, mahnte Dawn, »du bist grässlich.«

So war Joy: grässlich. »Wie auch immer, wenigstens wissen wir eines«, erwiderte sie fröhlich.

»Was denn?«, fragte ihre Schwester.

»Wir wissen, dass es nicht um eine andere Frau geht«, erklärte Joy.

»Was soll das denn heißen?«, fragte Dawn.

»Ja, was wohl? Dass Frank Patty *offensichtlich* nicht wegen einer anderen Frau verlassen hat.«

»Woher willst du das wissen?«, fragte Dawn, die nicht wusste, warum genau sie sich an Joys Behauptung störte.

»Herrgott noch mal, Dawn«, erwiderte Joy verächtlich, »sieh ihn nur mal an, wenn du noch mal die Gelegenheit dazu kriegst. Frank ist wahrlich kein Casanova.«

»Ja, und das ist auch gut so«, sagte Dawn mit Nachdruck.

»Jetzt fall mal nicht ins andere Extrem«, gab Joy zurück. »Frank scheint ja kaum zu wissen, wofür Frauen eigentlich gut sind.«

»Und wofür sind Frauen gut?«, fragte Dawn.

»Ich mach dir eine Zeichnung«, antwortete Joy, »wenn wir uns das nächste Mal sehen. Die kannst du Frank geben, falls er zurückkommt. Dann wisst ihr es beide.«

»Joy«, sagte Dawn, »du bist schrecklich. Und woher weißt du eigentlich so viel über Frank?«

»Ich seh's ihm einfach an«, antwortete Joy. »Außerdem brauchst du auch nur einen Blick auf Patty zu werfen. Ich finde, sie ist ohne ihn besser dran. Sie sollte sich ein paar neue Kleider kaufen, mal schön Urlaub machen, am Barrier Reef oder so, und dann noch mal ganz von vorn anfangen.«

»Ja, so kann man das auch sehen«, sagte Dawn. »Aber ich bezweifle, dass Patty das tut.«

»Nein«, stimmte Joy zu, »das glaube ich auch nicht. Egal.

Ich sag morgen also nichts, und wir werden richtig schöne Weihnachten haben. Aber jetzt was anderes …«

Und dann widmeten sich die beiden Schwestern ein letztes Mal der Frage, wer am nächsten Tag für welche Speisen verantwortlich war, wenn die ganze Familie mit allen Ehemännern (sofern verfügbar) und allen Kindern (sofern vorhanden) geschlossen zu einem echten angelsächsischen Weihnachtsessen mit allen Schikanen bei Mrs. Crown anrückte.

31

Als Mr. Ryder und Miss Cartright an Heiligabend *Goode's* verließen, war es nach sechs. Sie gehörten zu den Letzten, die aus dem großen Gebäude traten, und am Personaleingang wartete schon jemand mit einem riesigen Schlüsselbund, um die Tür abzuschließen.

Am Bürgersteig parkte ein Jowett Javelin in zweiter Reihe, und Miss Cartright wandte sich an ihren Kollegen. »Da ist ja mein Mann«, sagte sie. »Können wir Sie mitnehmen? Wir fahren Richtung Turramurra.«

»Sehr nett von Ihnen«, antwortete Mr. Ryder, »aber ich gehe zu einem alljährlichen Treffen mit alten Schulfreunden, das im Pfahlert's Hotel stattfindet.«

»Dann viel Spaß«, wünschte Miss Cartright, »und fröhliche Weihnachten.«

»Ihnen auch, Miss Cartright«, erwiderte Mr. Ryder und lüftete seinen Hut, während sie zu dem wartenden Wagen eilte.

Er schlenderte die Castlereagh Street entlang durch die merklich kleiner werdende Menge der Fußgänger und bog auf den weitläufigen Martin Place ein. Plötzlich hatte er Lust, durch den Säulengang der Hauptpost zu schlendern. Kurz nachdem er die Treppe hinaufgestiegen und ein paar Schritte gegangen war, erkannte er, dass die Gestalt am anderen Ende, die gerade einen Brief durch einen der schicken Messingschlitze steckte, Miss Jacobs war. *Komischer Zeitpunkt, einen Brief aufzugeben*, dachte er. *Viel zu spät für die Weihnachtspost.* Und so ein trauriges Bild gab sie ab: eine einsame, untersetzte, selbstgenügsame Gestalt mit Haarknoten und halb leerem Einkaufsnetz, die einen geheimnisvollen Brief aufgab. Fast wollte er den Säulengang hinunterrennen, sie abfangen und dann …

Nein, das war sinnlos. Er konnte kaum hoffen, ein offenbar so einsames und zurückgezogenes Wesen aufzuheitern … Zum Beispiel konnte er sie doch nicht einfach auf einen Drink einladen. Aber zu einem Eis vielleicht. *Hätten Sie Lust, mich zu Cahill's zu begleiten, Miss Jacobs? Wir könnten uns einen Schokoschneeball gönnen.*

Dann fiel ihm wieder sein Treffen ein. *Nein, nicht heute Abend*, dachte er. *Aber vielleicht ein anderes Mal. Ach, Miss Jacobs. Sie arme, arme Seele. Ich wünsche auch Ihnen schöne Weihnachten.*

32

»So, Lesley«, sagte Mrs. Miles, »jetzt musst du aber anständig frühstücken, weil du nicht weißt, wie lange es dauern wird, bis du dein Weihnachtsessen kriegst. Du weißt doch, wie Tante Mavis ist.«

Dieses Jahr wollten sie alle zu Mrs. Miles' Schwester und deren Familie, die in Seaforth lebte. In der großen Familie von Lisas Mutter wurde das Fest mehr oder weniger reihum ausgerichtet.

»Nein, weiß ich nicht, weil wir Weihnachten noch nie dort waren«, entgegnete Lisa.

»Selbstverständlich waren wir schon dort, erinnerst du dich nicht? Vor vier oder fünf Jahren, das musst du doch noch wissen. Als wir mit dem Essen anfingen, war es weit nach drei. Also frühstücke anständig. Wie willst du die Eier? Hart gekocht, als Spiegelei oder als Rührei?«

»Igitt«, sagte Lisa. »Magda meint, man sollte zum Frühstück keine Eier essen, weil ...«

»Ist mir egal, was Magda meint«, unterbrach Mrs. Miles sie. »Magda weiß auch nicht alles. Wenn du zum Frühstück keine Eier mehr isst, wirst du nie zunehmen, sondern bald nur noch Haut und Knochen sein. Du befindest dich im Wachstum. Also iss jetzt ein bisschen Rührei, ich gebe Speck dazu, so wie du es magst.«

»Na gut«, sagte Lisa gedehnt, »aber nur um des lieben Friedens willen.«

»So ist es recht«, nickte ihre Mutter.

Da kam Mr. Miles in die Küche. »Drei Eier«, sagte er, »gebraten, das Eigelb noch flüssig, dazu vier Streifen Speck. Ist der Tee schon fertig? Während ich warte, möchte ich ein paar Scheiben Toast. Ich könnte ein ganzes Pferd verputzen. Übrigens habe ich ein paar Pferde gesehen, die zu nichts anderem taugen.«

»Können wir jetzt unsere Geschenke auspacken?«, fragte Lisa.

»Welche Geschenke?«, gab ihr Vater zurück.

»Dad«, mahnte Lisa.

»Oh«, sagte Mr. Miles, »du meinst wohl die Weihnachtsgeschenke? Tja, ich weiß nicht. Das fällt in die Zuständigkeit deiner Mutter.«

»Wir packen nach dem Frühstück aus«, entschied Mrs. Miles. »Immer schön eins nach dem anderen.«

Nachdem sie endlich gefrühstückt hatten, begaben sie sich feierlich ins Wohnzimmer, wo die Geschenke unter dem Weihnachtsbaum lagen. Lisa gab ihren Eltern ihre Geschenke, das kleine und das größere, und ihre Mutter reichte zuerst ihrem Vater ein großes Paket und dann ihr ein kleines und zwei größere. Darauf folgte das Auspacken, begleitet von überraschten und dankbaren Ausrufen, bis am Ende offenkundig wurde, dass Mr. Miles nichts zum Geschenketausch beigetragen hatte.

»Also dann«, sagte er, »ich nehme an, dass ihr beide auch was von mir wollt. Ist wohl nur recht und billig. Schließlich haben wir Weihnachten. Dann wollen wir doch mal sehen, was ich auftreiben kann.« Er kramte in seiner Hosentasche und holte ein paar Münzen hervor. »Das reicht nicht«, bemerkte er. Er suchte in seiner anderen Hosentasche und sagte:

»Na, das ist doch schon besser. Hier, Lesley, das ist für dich.« Er drückte ihr zehn Pfund in die Hand. »Und das ist für dich, Cora«, erklärte er. »Schöne Weihnachten euch beiden.«

Verblüfft starrte Mrs. Miles auf ihre Hand. Er hatte ihr einen Zwanzigpfundschein geschenkt. Allein der Anblick war ihr neu.

»Du meine Güte, Ed! Danke«, sagte sie. »Wie nett von dir!«

Lisa hingegen quiekte vor Entzücken. »Mensch, Dad«, rief sie aus. »Tausend Dank!«

»Also«, sagte das Familienoberhaupt zufrieden, »dann wollen wir mal los. Nach Seaforth, wie? Dann müssen wir vielleicht schwimmen. Was meint ihr? Wir nutzen die Weihnachtsflut.«

33

»Doreen bringt einen großen Schinken mit«, sagte Mrs. Parker zu Myra, »und den Pudding. John und Betty steuern die Hähnchen bei, die dann sofort in den Ofen können. Ich muss ihn nur einschalten, der Rest geht von allein, sodass ich mir darum keine Gedanken mehr machen muss, während wir das Gemüse vorbereiten. Danach fehlt nur noch die Bratensoße.«

Myra schälte gerade fünf Pfund Kartoffeln. Sie würden beim Essen dreizehn Personen inklusive des Kleinkinds sein. *Könnte Pech bringen*, dachte sie. *Besser, wir zählen das Kind nicht mit.*

»Hast du schon mit Fay den Tisch gedeckt?«, erkundigte sich ihre Mutter.

Für das Festmahl würden sie sich um die Tischtennisplatte auf der hinteren Veranda quetschen; sie war jetzt mit Mrs. Parkers bester Tischdecke geschmückt, die sie noch vom Anfang ihrer Ehe hatte. Da sie nicht ganz passte, lag darunter noch ein Doppelbettlaken.

»Klar«, nickte Myra. »Fay faltet jetzt die Servietten. Zu besonderen Formen.«

Diese Kunstfertigkeit hatte Fay erworben, als sie noch Cocktailkellnerin gewesen war, gerade faltete sie Bischofsmützen.

Mrs. Parker legte ihr Schälmesser beiseite und ging selbst

nachschauen, ob auch alles so war, wie es sein sollte. »Wie hübsch das aussieht«, lobte sie Fay. »Richtig vornehm.«

Später, viele, viele Stunden später machte Fay mit Myras Nichten Hüpfspiele auf dem Rasen, während deren Neffen sich lautstark in den Bäumen vergnügten und das Kleinkind erschöpft auf dem Teppich schlief. Die Männer tranken Bier, und Myra, ihre Mutter, ihre Schwester und ihre Schwägerin hatten die Liegestühle zusammengerückt und tratschten ein bisschen.

»Du musst für Fay einen Ehemann finden«, sagte Mrs. Parker zu Myra. »Und zwar keinen von diesen Nachtclubkerlen. Jemand Netten, Soliden. Guck mal, wie sie mit den Mädchen spielt. Man sieht doch, wie gut sie mit Kindern umgehen kann. Sie will heiraten und eigene haben.«

»Tja, ich habe mein Bestes getan«, erwiderte Myra. »Aber sie ist ein bisschen wählerisch.«

»Sollte sie auch sein«, gab Mrs. Parker zurück. »Bei den Männern, mit denen du Umgang hast.«

»Ach, Mum, was weißt du denn davon?«, schaltete sich Doreen ein.

»Du würdest staunen«, entgegnete Mrs. Parker.

»Sie meint die Sorte Männer, mit denen ich ausgehe«, erklärte Myra.

»Ach Gott«, bemerkte Doreen.

Daraufhin lachten sie und Myra.

»Triffst du dich noch mit Jacko Price?«

»Ach, hin und wieder«, antwortete Myra.

»In meinem Haus will ich nichts mehr von diesem Mann hören«, sagte Mrs. Parker mit strenger Miene. »Nach dem, was er getan hat!«

»Ach, er ist schon in Ordnung, Mum«, wiegelte Myra ab. »Da gibt es viel Schlimmere.«

»Sag bloß«, entgegnete Mrs. Parker. »Trotzdem wünschte ich, du könntest jemand Netten für Fay finden. Sie ist so ein liebenswertes Mädchen. Eine Schande, dass sie noch keinen anständigen Kerl kennengelernt hat, den sie heiraten kann. Das arme Ding, keine richtige Familie, sie braucht einen Ehemann.«

»Ja«, nickte Myra. »Da hast du wohl recht.«

»Natürlich habe ich recht«, bekräftigte ihre Mutter.

34

»Was für ein Pech, dass Frank wegmusste«, bemerkte Dawns Mann Bill freundlich.

Patty wirkte blass. »Ja«, sagte sie, »es ging nicht anders.«

Ich frage mich, ob sie Bescheid wissen, dachte sie. *Und was Mum ihnen wirklich erzählt hat.*

Sie waren alle draußen im Garten, wo sie zwei Tische aneinandergerückt hatten, die zusammen (mit einem Höhenunterschied von fünf Zentimetern in der Mitte) eine Tafel bildeten, an der sie alle bequem sitzen konnten. Frank hätte auch noch Platz gehabt. Patty fühlte sich nicht besonders wohl: Sie hatte kaum etwas runtergebracht, und die scharfen Blicke, die Joy ihr in regelmäßigen Abständen zuwarf, quälten sie zusätzlich. Zwar gab sie ihr Bestes, wirklich, sie gab sich verdammt viel Mühe, aber eigentlich wollte sie nur in Ruhe gelassen werden. Sie musste nachdenken.

Sie waren gerade mit dem Pudding fertig geworden und wollten Knallbonbons ziehen; Dawn brachte eine große Kanne Tee heraus, und Joy folgte ihr mit den Tassen.

Es sind gute Mädchen, meine Töchter, dachte Mrs. Crown. *Ich kann mich nicht beklagen. Aber die arme, liebe Patty. Du meine Güte.*

»Komm, Patty, wir teilen uns ein Knallbonbon«, sagte sie.

Der Knall zerrte zusätzlich furchtbar an Pattys Nerven. Danach hielt sie einen schmalen Papierstreifen in der Hand, auf den etwas gedruckt war.

»Was steht drauf?«, fragte ihre Mutter.

Patty las es laut vor. »Wenn du lachst, lacht die Welt mit dir«, las sie. »Wenn du weinst, weinst du allein.« Da brach sie in Tränen aus und rannte ins Haus.

»Tante Patty fühlt sich nicht wohl«, erklärte Dawn den Kindern, »also versucht bitte, euch ein bisschen zu benehmen. Wenn ihr mit euren Knallbonbons fertig seid, könnt ihr im Garten spielen. Ja, ihr dürft euch eine Hütte im Kaninchenstall bauen. Oder mit dem neuen Spiel Lotto spielen.« Dann warf sie Joy einen düsteren, vielsagenden Blick zu und folgte ihrer Mutter ins Haus.

Joy, die nun mit Mann und Schwager allein war, zündete sich eine Zigarette an. »Tja«, bemerkte sie, »ich hab Dawn gesagt, dass es albern ist, sich zu verstellen. Ich wusste, dass es nicht klappen würde. Dieser Frank ist ein selbstsüchtiger Mistkerl. Die arme alte Patty. Ich an ihrer Stelle würde mich scheiden lassen.«

Bill wirkte, als wäre ihm unbehaglich zumute. Er wusste offenbar nicht, zu wem er halten sollte.

Joys Mann Dave, dem es finanziell gut ging und bald noch viel besser gehen sollte, bot seinem Schwager eine Zigarre an. »Der kommt schon wieder«, sagte er. »Das geht vorbei. Er muss nur mit sich ins Reine kommen, der arme Kerl. Hast du das Bier in den Kühlschrank gelegt, wie ich dich gebeten hatte, Joy? Dann lass uns was trinken, nach all dem Essen habe ich Riesendurst.«

Joy stand auf, um beim Abwasch zu helfen, und fand an der Spüle Patty vor. »Mach dir nichts draus, Patty«, sagte sie.

»Der ist bald wieder da. Und dann wird’s sein, als wäre er nie weg gewesen.«

Genau so würde es kommen, und genau das war das Problem.

»Ich weiß nicht«, erwiderte Patty. »Ich werde es sehen. Ich werde mal sehen, wenn er zurückkommt.«

35

Zuerst gab es *pâté de foie gras* auf hauchdünnen Toaststreifen, dann Stubenküken mit Traubenkirschen und zum Abschluss eine *bombe surprise* mit vereisten Früchten. Zu trinken gab es ausschließlich Champagner. In diesem Jahr war es ihnen allen gut ergangen, und sie erwarteten im nächsten Jahr Ähnliches.

»Zwar steht nicht alles zum Besten«, sagte Stefan, »in der besten aller möglichen Welten, das wissen wir alle. Aber ich finde, für die Glücksvögel unter uns ist ein Quäntchen Glück doch hin und wieder möglich.«

»Jetzt wird Stefan philosophisch«, bemerkte Rudi. »Gebt dem armen Kerl noch ein Glas Schampus.«

»Das ist nicht philosophisch, sondern hochtrabendes Zeug«, widersprach Gyorgy. »Gib ihm lieber einen Schlag auf den Hinterkopf, nicht zu hart, aber doch spürbar.«

»Lasst ihn in Ruhe«, sagte Eva. »Ich dulde nicht, dass meine Gäste sich an Weihnachten schlagen. Bei einem solchen Anlass darf man schon mal philosophisch werden oder sogar hochtrabendes Zeug von sich geben. Lasst uns einen Toast auf den Commonwealth von Australien ausbringen. Was für ein Land! Ich kann mein Glück immer noch nicht fassen. Als Untertanin der britischen Königin zu enden – ich bitte euch! Füll die Gläser, Sandor. Auf den Commonwealth von Australien. Und auf die Königin!«

Unter allgemeinem Gelächter wurden zwanzig Gläser erhoben und geleert, dann zündeten sich die Erwachsenen unter den bunt gemischten, aber doch mehrheitlich ungarischen Europäern Zigaretten und Zigarren an. Lange Zeit saßen sie beieinander und unterhielten sich, danach gingen sie den Hügel hinunter zum Balmoral Beach und spielten ein Spiel, das entfernt an Fußball erinnerte.

»Wie schön es hier ist«, sagte Magda zu Stefan, als die Sonne unterging. »Wirklich schön.«

»Bist du glücklich?«, fragte er sie.

»Natürlich nicht«, antwortete Magda. »Was für eine vulgäre Vorstellung! Du etwa?«

»Du meine Güte, ich hoffe doch, nicht«, erwiderte Stefan.

36

»Aber nun, liebe Lisa, wäre es sehr nett, wenn Sie sich vergewisserten, dass sich die Kleider immer noch in derselben Reihenfolge befinden wie in meinem Bestandsbuch«, sagte Magda. »In etwa einer halben Stunde kommt Miss Cartright zu mir, damit wir über die Preisnachlässe entscheiden können. Dann machen Sie heute Nachmittag oder morgen die Preisschildchen, und alles wird bereit sein. Gut. Ich habe gehört, dass Mrs. Bruce Pogue an Silvester eine *grande fête* geben will – nur weiß die Arme leider nicht, dass sie mit meiner kollidiert, und ich habe schon die Crème de la Crème abgeschöpft –, also wäre ich wirklich sehr überrascht, wenn heute oder morgen nicht ein paar Damen hereinschauen würden, weil sie unbedingt ein Kleid für diesen Anlass brauchen. Bestimmt werden sie fragen, ob sie sie nicht zum herabgesetzten Preis haben können, und dann werde ich ihnen sagen: Ach, leider nicht, Madame, ich bedaure, das ist nicht möglich, so leid es mir auch tut. Und dann werden sie zahlen, um nicht billig auszusehen. *Vraiment, on s'amuse ici.* So, hier ist das Bestandsbuch, nehmen Sie es und tun Sie, was Sie können, *ma chérie.*«

Als Lisa erneut das wohlduftende Märchenreich der Modellkleider betrat, bemerkte sie, dass seit ihrem letzten Besuch eine Reihe Bewohner in die Außenwelt entschwunden waren. *Tara* war fort, genau wie *Minuit.* Ihr wurde leicht übel, als sie mit dem Blick die Liste entlangfuhr, um so schnell wie möglich *Lisettes* Schicksal in Erfahrung zu bringen, und sie wagte kaum, mit den Augen zur letzten Spalte zu wandern. Doch die war leer; das Kleid war noch nicht verkauft, also immer noch da, auf seinem Bügel, und wartete. Natürlich wartete es nicht auf sie, unmöglich, aber solange es hier in seinem Mahagonischrank bei *Goode's* weilte, blieb es ihrs – zumindest konnte sie sich das einreden. Nur musste sie sich vergewissern, dass es wirklich immer noch da war.

Sie ging die Kleider durch und fand es ganz leicht – seine weißen Volants lugten keck zwischen den dunkleren Stoffen seiner Nachbarn hervor. Sanft sorgte Lisa für mehr Platz, um es besser betrachten zu können. Je öfter sie es ansah, desto reizender kam es ihr vor: Es war ein Kunstwerk. Versunken in seinen Anblick, stand sie ganz still da.

Plötzlich spürte sie, dass jemand hinter ihr erschien, und als sie rasch und fast schuldbewusst herumschnellte, strahlte Magda sie an.

»Ah, Lisa«, rief sie aus, »ich fürchte, Sie haben sich verliebt – dabei hätte ich die Gefahr voraussehen müssen! Ja, es ist ein hübsches Kleidchen, ganz reizend sogar, wirklich. Ich weiß nicht, warum wir es noch nicht verkauft haben. Natürlich ist es äußerst klein, die meisten unserer Kundinnen sind dafür zu stattlich und auch viel zu alt, obwohl ihnen das in der Regel egal ist – zum Beispiel wollte Mrs. Martin Walruss es für sich, können Sie sich das vorstellen? Aber ich habe es mehr als einmal vor einem solchen Schicksal bewahrt. *Eh bien,* es kommt auf jeden Fall in den Ausverkauf, vielleicht gibt es ein Mädchen, das so vernünftig war, sein Kleidergeld zu sparen, und rettet es. Wie viel kostet es? Mal sehen, hundertfünfzig Guineen –

nicht so teuer, vermutlich setzten wir es auf fünfundsiebzig herab, diese weißen Kleider werden so schnell schmuddelig, also muss der Preis halbiert werden. Aber lassen Sie sich von mir nicht aufhalten, sondern kümmern Sie sich weiter um Ihre Aufgabe.«

Damit rauschte sie davon und schien gar nicht zu bemerken, welche Verwüstung sie hinterließ. Fünfundsiebzig Guineen! Erst jetzt wurde Lisa bewusst, dass sie in einer winzigen Nische ihres Hinterkopfs davon geträumt hatte, dieses Kleid in ihren Besitz zu bringen, dass sie sogar darauf spekuliert hatte, der reduzierte Preis beliefe sich etwa auf das, was sie bei *Goode's* verdient und abzüglich des Geldes für die Weihnachtsgeschenke gespart hatte. Jetzt sah sie geradezu vor sich, wie *Lisette* im Schrank eines Mädchens verschwand, das so vernünftig gewesen war, sein Kleidergeld zu sparen; sie verlor es, sah, wie ihr Herzenswunsch ihrer zögerlichen Hand entrissen wurde: Es war ein Augenblick absoluter Verzweiflung.

Mit einem Mal zutiefst betrübt, widmete sie sich weiter ihrer Aufgabe. Da auch bei den Cocktailkleidern alles für den Verkauf zwischen Weihnachten und Neujahr vorbereitet wurde, hatte Lisa viel mit Sichten und Ordnen zu tun. Die letzten Arrangements würden nach Ladenschluss am Silvesterabend getroffen werden: Dazu mussten einige Angestellte länger bleiben. Der Ausverkauf würde beginnen, sobald sich am zweiten Januar die Türen öffneten. Wenn man schon das Weihnachtsgeschäft für eine Einkaufsschlacht gehalten hatte, dann sollte man erst mal den Ausverkauf sehen, sagte Miss Jacobs zu Lisa.

Die war in der Mittagspause mehr als erleichtert, *Goode's* zu entfliehen. Sie saß an der Archibald Fountain und starrte mit einem vagen Gefühl von Unzufriedenheit und Unsicherheit auf die Passanten, was – und das glaubte sie aufrichtig – nicht nur von der neu aufkeimenden Sorge wegen ihrer Prüfungsergebnisse und der Folgen herrührte oder von *Lisettes* Unerreichbarkeit. Sondern das Schlimmste war, dass sie ihr Buch vergessen hatte; sie hatte nichts zu lesen.

37

»Es geht um meinen Mann«, sagte Patty, die nervös auf der Stuhlkante hockte.

»Ja?«, hakte der Arzt nach.

Ihr Hausarzt war im Urlaub, und Patty hatte seine Vertretung aufgesucht, einen Fremden: jung, forsch, clever wirkend, einschüchternd.

»Verstehen Sie«, setzte Patty neu an, »mein Mann … er …«

»Wissen Sie, Mrs., äh, Williams, natürlich können Sie mir von Ihrem Mann erzählen, aber es wäre wirklich das Beste, er käme persönlich hierher, sonst kann ich nicht viel für ihn tun.«

»Ja, aber«, sagte Patty verzweifelt, »genau das ist es ja, verstehen Sie, er kann nicht kommen, weil er nicht da ist. Er ist fortgegangen.«

»Das erklären Sie mir besser«, erwiderte der Arzt.

»Also, vor genau einer Woche ist er verschwunden. Aber ich weiß nicht, wohin. Das hat er mir nicht gesagt. Jetzt mache ich mir Sorgen um seine Stelle. Für diese Woche habe ich ihn krankgemeldet, aber man erwartet ihn nächste Woche zurück, und da weiß ich nicht, was ich seinem Arbeitgeber sagen soll. Ich weiß nicht, was ich machen soll.« Sie fing an zu weinen.

Der Arzt saß nur da und sah sie an. »Das kann ja nicht endlos so weitergehen«, sagte er schließlich. »Hat er so was schon mal gemacht?«

»Aber nein«, schluchzte Patty. »Ich weiß nicht, was in ihn gefahren ist.«

»Haben Sie das schon der Polizei gemeldet?«, erkundigte sich der Arzt.

»Ja, aber die meint, das käme öfter vor. Dort sagten sie, die meisten kämen zurück. Ich habe eben erst eine Vermisstenanzeige aufgegeben. Nur für den Fall, dass er einen Unfall hatte oder so. Ich weiß nicht. Aber wenn er nächste Woche immer noch nicht zurück ist, muss ich doch auf der Arbeit was sagen.«

»Ich verstehe Ihr Problem«, bemerkte der Arzt sachlich. »Aber ich kann Ihnen wohl kaum ein Attest für einen Patienten ausstellen, den ich noch nicht mal gesehen habe. Das ist Ihnen doch sicher klar.« Doch dann siegte sein Mitgefühl über seine Prinzipien, und als er das in Tränen aufgelöste Wesen vor sich ansah, lächelte er leicht. »Wissen Sie was?«, sagte er. »Wie wäre es damit? Wenn er bis Neujahr nicht zurück ist, rufen Sie seinen Chef an, und behaupten, der Doktor – und nennen Sie um Gottes willen nicht meinen Namen – *glaubt,* es wäre Gürtelrose. Das müsste reichen. Haben Sie schon mal was von Gürtelrose gehört? Nein? Also: Gürtelrose ist in diesem Fall genau das Richtige. Denn kein Mensch weiß, woher oder warum man sie bekommt, oder auch, wie lange man sie hat. Man weiß nur, dass sie *verdammt* schmerzhaft ist und man damit auf gar keinen Fall arbeiten kann. Falls, ich meine, *wenn* Ihr Mann zurückkommt, muss er zum Arzt, um ein Attest zu bekommen, wenn er eins will, und dann müssen wir uns etwas überlegen, das mehr oder weniger der Wahrheit entspricht. Aber bis dahin sagen Sie nur, der Doktor meint, es ist Gürtelrose und kann nicht sagen, wie lang es dauert. Wie hört sich das an?«

»Danke, Doktor«, sagte Patty mit elender Miene. »Das sage ich ihnen. Gürtelrose.«

»So, aber was ist mit Ihnen, Mrs. Williams? Sie sehen ein bisschen kränklich aus. Unter diesen Umständen ist das natürlich verständlich, aber Sie müssen auf sich aufpassen. Haben Sie Familie oder jemanden, der sich um Sie kümmert? In Zeiten wie diesen braucht man moralische Unterstützung. Versuchen Sie, es nicht allzu schwer zu nehmen. Er kommt schon zurück, warum auch nicht. Männer tun so was nun mal, aus unerfindlichen Gründen – wenn sich was angestaut hat, sind sie nicht in der Lage, ihre Gefühle zu äußern, wirklich zu dumm. Aber Sie, essen und schlafen Sie normal? Suchen Sie mich wieder auf, wenn ich irgendwas für Sie tun kann. Und machen Sie sich keine Gedanken. Also gut, Mrs. Williams. Einen schönen Abend noch.«

Patty war schon wieder so müde, dass sie sofort hätte ins Bett fallen können, obwohl es erst halb neun war, als sie von der Praxis zu Hause ankam. Eine Weile schaute sie noch fern, doch dann kapitulierte sie und ging schlafen.

Als sie in der Dunkelheit dalag, fiel ihr plötzlich ein Lied ein, das sie vor langer, langer Zeit gehört hatte – hatten sie es vielleicht in der Schule gesungen?

Swing low, sweet chariot, comin' for carry me home.
Swing low, sweet chariot, comin' for carry me home.

Sie weinte ein bisschen, dann schlief sie ein.

38

»Und wenn wir die Ärmel abnähmen?«, fragte Lisa. »Ginge das?«

»Tja, das *ginge* schon«, antwortete ihre Mutter. »Aber dann müssten wir es einfassen. Vermutlich könnte ich es mit Paspeln versäubern. Das ginge ganz gut, und niemand würde es bemerken.«

Daraufhin setzte Lisa sich hin und trennte die Ärmel vom Kleid. Ihre Mutter holte passendes Schrägband hervor und nähte es um die Armlöcher. Dann zog Lisa das Kleid wieder an.

Ihre Mutter hatte es für ihren Abschlussball in der Schule genäht. Es war aus weißem Stoff mit Lochstickerei, hatte einen bauschigen Rock und – ursprünglich zumindest – Puffärmel. Lisa betrachtete sich im Spiegel. »Wenn wir den Saum rausließen«, fragte sie, »meinst du nicht, das sähe besser aus?«

»Ach, du willst es lang?«, erkundigte sich ihre Mutter.

»Nein, nur *länger*«, erwiderte Lisa.

Sie zog es aus und untersuchte den Saum. Der war über zehn Zentimeter breit. Ihre Mutter hatte seit Lisas Kindheit die Gewohnheit beibehalten, breite Säume in all ihre Kleider zu nähen. Jetzt trennte sie den Saum auf. »Ich fürchte, man wird es am Knick sehen«, bemerkte sie. »Wir waschen es besser noch mal.«

Am Abend war es fast trocken. Lisa bügelte es und zog es erneut an.

»Also, es sieht auf jeden Fall erwachsener aus«, befand ihre Mutter. »Und sehr hübsch.«

»Ich glaube, da fehlt noch ein Gürtel«, sagte Lisa. »Ich könnte morgen in der Mittagspause einen kaufen. Vielleicht einen silbernen.«

»Oh, das sähe bestimmt gut aus«, nickte ihre Mutter. »Mit einem silbernen Gürtel wirst du wirklich sehr hübsch aussehen. Nimm die weißen, hochhackigen Sandalen dazu.«

»Ja, so wird's gehen«, sagte Lisa. »Schließlich ist es nur eine Party und keine *grande fête*.«

»Es wird bestimmt schön«, erklärte ihre Mutter. »Du kannst dich wirklich glücklich schätzen, in deinem Alter schon auf eine Party mit Erwachsenen zu gehen. Vergiss bloß nicht deine Manieren. Es war sehr freundlich von Magda, dich einzuladen.«

»Und von Stefan«, fügte Lisa hinzu.

»Ja, von Stefan auch«, bestätigte ihre Mutter.

Wie wird es wohl werden?, dachte Fay. *Ich frage mich, wie ihre Wohnung aussieht. Vornehm?*

Magda hatte ihr auf einem Zettel die Adresse aufgeschrieben. Mosman.

Sonst kenne ich niemanden, der in Mosman wohnt, dachte Fay. *Aber viele Europäer leben da. Wahrscheinlich ist die Wohnung ganz modern: Europäer scheinen es modern zu mögen. Was ziehe ich bloß an?*

Sie holte alles heraus, was infrage kam, begutachtete es und überlegte, was wohl den besten Eindruck auf einen Europäer machen würde, einen, der es modern mochte. *Na, dann ziehe ich das grünweiß Gestreifte an*, entschied sie. *Das ist das Neueste.* Ihr war ziemlich mulmig zumute. *Ich frage mich, warum sie ausgerechnet mich eingeladen hat*, dachte sie. *Magda, mit ihrem Mann, der*

Stefan heißt, und all ihren europäischen Freunden. Wird sich überhaupt jemand mit mir unterhalten wollen? Wahrscheinlich sind sie sowieso alle alt. Na, wenigstens ist es mal eine Abwechslung, und wenn es mir nicht gefällt, kann ich jederzeit wieder gehen. Wenn es zuerst … Egal, ich mache jetzt meine Haare und Nägel, dann bin ich für morgen Abend schon vorbereitet. Ist zumindest mal was anderes. Man muss es immer wieder versuchen. Oh Gott.

39

»Lisa! Natürlich kennen Sie Rudi, der da drüben am Fenster sitzt, er hat Sie noch nicht gesehen. Aber jetzt lassen Sie sich mal anschauen – oh, là là, Sie sehen heute Abend ganz bezaubernd aus, eine Frau erblüht in der Nacht! Und hier ist Stefan. Was möchten Sie trinken? Gib ihr was vom Punsch, Stefan, den muss sie wenigstens einmal im Leben probieren. Aber Vorsicht, Lisa, er hat eine Atombombe hineingegeben, das ist viel gefährlicher, als es aussieht – *voilà.*«

»Jetzt stelle ich Ihnen Sandor und Eva vor, und hier ist ihr Sohn Miklos, nein, schon gut, er besteht darauf, Michael genannt zu werden. Er ist ein richtiger Australier, ein *waschechter,* wie es heißt, vergisst sogar seine Muttersprache Ungarisch. Er hat genau wie Sie gerade die Schule hinter sich – aber jetzt entschuldigen Sie mich bitte, da sind neue Gäste, die ich begrüßen muss … George, Anna, Bela, Trudi! Endlich … kommt rein und trinkt ein Glas, nein, zwei Gläser, ihr müsst aufholen! Oh, ich sehe, du hast deine Geige mitgebracht, das ist sehr gut! Ja, wie du siehst, haben wir Platz zum Tanzen freigeräumt, falls jemand in Versuchung kommt – Fay, hier, ich will Ihnen Bela vorstellen, wenn Sie nett lächeln, wird er für Sie Geige spielen, kann ich Ihnen noch etwas zu trinken bringen? Stefan, komm her, ich flehe dich an …«

»Milos, kennst du schon Trudi? Anna, dies ist Lisa, die mit mir zusammenarbeitet, sie ist mein Fels in der Brandung, aber sie ist klug und wird sich bald schon größeren Zielen widmen – Sandor, nimm dir noch etwas Punsch – ah! Es klingelt schon wieder, entschuldigt … Janos, du kennst ja alle, glaube ich – Champagner! Eine Magnum! Ach, ich liebe dich – sollen wir die für Mitternacht aufbewahren? Also trink ein bisschen Punsch, wenn du dich traust, sonst haben wir noch Rot- oder Weißwein – dies ist Lisa, die du noch nicht kennst, und Fay –, Verzeihung, Anton und Marietta sind gerade gekommen, ich glaube, sie haben noch jemanden mitgebracht, also spiele ich besser die gute Gastgeberin.«

»Laszlo, endlich! Ja, alles zu seiner Zeit, aber ich glaube, du bist wirklich zu spät, denn wie du siehst, tanzt sie schon mit Rudi, und der sieht besser aus als du, obwohl sich über Geschmack nicht streiten lässt. Komm, lerne Lisa kennen – nein, bei ihr kommst du auch zu spät, denn sie tanzt bereits mit Miklos, der sich Michael nennt. Nun, dann tanz mit Anna, sie unterhält sich nur mit Stefan, obwohl ich nicht weiß, wieso: Also los!«

»Uff! Wie ist der Punsch, Stefan? Gut. Sind jetzt alle da, sodass ich mich entspannen kann? Wir haben zwar nur fünfzig eingeladen, aber ich bin sicher, hier sind mindestens fünfundsiebzig Gäste, hoffentlich reicht das Essen. Ja, genau, was soll's! Gib mir noch etwas Punsch, wenn einer hier aufholen muss, dann ich. Fay tanzt immer noch mit Rudi, und Lisa unterhält sich mit Miklos alias Michael, *ca c'est bon.* Es scheinen sich alle zu amüsieren, also darf ich wohl ihrem Beispiel folgen, oder nicht?«

»Ah, Bela holt die Geige heraus – nein, lass den Song noch ausklingen, dann kann er spielen. Und gib ihm noch was zu trinken, betrunken spielt er viel besser.«

»Fay, wie gut Sie tanzen können – ich bewundere Sie, eine

Schande nur, dass Sie keinen besseren Partner haben, obwohl er mit Enthusiasmus zu Werke geht. Gleich spielt Bela, dann können Sie ein paar ungarische Tänze lernen, die sind ziemlich einfach – da! Wir fassen uns alle an den Händen und dann …«

»Oh mein Gott, ich dachte schon, ich sterbe vor Lachen – Stefan, wie sieht's mit dem Punsch aus? Hast du noch mehr gemacht? Du hattest doch noch eine Ersatzbombe, oder? Ja, du denkst eben an alles. Guck dir Anton an, ich glaube, der fällt gleich aus dem Fenster. Gib mir noch was zu trinken.«

»Lisa, vergessen Sie nicht zu essen, sonst werden Sie betrunken, und das verzeiht mir Ihre Mutter nie. Hier, probieren Sie ein paar von den Kanapees – richtig so, Michael, nimm die ganze Platte, ihr könnt sie zusammen essen, sie sind nur für euch, ihr jungen Leute braucht etwas Nahrhaftes. Ah, die Musik setzt wieder ein, wir tanzen …«

»Trinkt noch was, Stefan hat neuen Punsch gemacht …«

»Trudi … Laszlo … Weißwein oder Rotwein? … Oh, ein Walzer, sehr schön … esst doch was … Bumm!«

»Lisa? George und Anna werden Sie mitnehmen, das ist kein Problem, sie wohnen in Lindfield – Fay? – Also, wenn Sie meinen, dass er so weit kommt – Sie haben ja noch nicht sein Auto gesehen, das ist eine alte Schrottkarre, sagen Sie nicht, ich hätte Sie nicht gewarnt.«

»Frohes neues Jahr! Gute Nacht, gute Nacht – ja, guten Morgen! Fahrt vorsichtig. Frohes neues Jahr! Mein Gott! Ich dachte, die würden nie mehr gehen – zwei Uhr ist es? Oder drei? Ich dachte. Ich liebe dich auch – frohes neues Jahr!«

40

Kaum öffneten sich die großen Türen, drängte eine Phalanx kriegerisch dreinblickender, zu allem entschlossener Frauen durch die Bresche und die Marmortreppe hinunter. Es dauerte gute fünf Minuten, bis die gesamte Schwadron am ruritanischen Oberstleutnant vorbei war, der mit einigem Abstand die Szenerie überblickte. *Gut gemacht, die Damen,* sagte er zu sich, *so einen gelungenen fliegenden Start habe ich in den letzten Jahren selten gesehen.*

Er wusste, dass dies nur die Vorhut war; zusätzliche Truppen würden in großer Zahl innerhalb der nächsten Stunde eintreffen, dann bis zur Mittagszeit etwas spärlicher werden und über den ganzen Nachtmittag verteilt immer noch in beträchtlicher Menge nachrücken. Das Eliteregiment des ersten Tages würde an den darauffolgenden Tagen nur durch unwesentlich weniger entschlossene Bataillone ersetzt werden – wie man es auch betrachtete, *Goode's* würde in den nächsten zehn Tagen schlichtweg ein Schlachtfeld sein: Ruhm und Ehre würden erlangt werden, und das verdient, Trophäen würden geschwenkt werden. Zwar ging es nicht um Leib und Leben, aber die eine oder andere Verletzung konnte man sich zweifellos zuziehen.

Der Ausverkauf war in vollem Gange. Auf jeder Etage des großen Gebäudes bot sich im Wesentlichen dasselbe Bild: Hunderte von Frauen pfiffen auf jegliche Vorsicht und Würde und kämpften um ihre Rechte, dieses Kleid und jenen Rock, diesen Pullover und jene Schuhe, diese Blusen und jenen Hut zum stark reduzierten Preis zu ergattern. Wer konnte es ihnen verdenken oder gar daran Anstoß nehmen? Es trieb sie kein niederer Instinkt wie Gier oder Eitelkeit, sondern das biologische Gesetz, das sie zwang, sich hübsch zu machen. Und nun hofften sie, diesem Gebot zu entsprechen, ohne sich finanziell zu ruinieren. Es war die uralte, heikle Gratwanderung: Ein paar von ihnen würden bei dieser Unternehmung Erfolg haben, weil sie überragenden Geschmack, außerordentliches Glück oder beides hatten. Mit dieser Hoffnung strömten sie zu Hunderten heran, aus dem fernen Kogarah, dem entlegenen Warrawee, dem unerreichbaren Longueville und sogar aus Wollstonecraft. Der Oberstleutnant wünschte ihnen alles Gute.

Die *echte* Matrone vom North Shore war da, genau wie Joy, auch Myra, mit Aufträgen von Doreen und ein paar Wünschen für sich selbst. Die Mutter der berüchtigten Söhne von Franks Boss war hier, samt ihrer Ableger, und ging schnurstracks mit ihnen zur Kinderschuhabteilung. Mrs. Miles hatte sich von Lisa überreden lassen, wenigstens einen *Blick* in die Sport- und Freizeitabteilung zu werfen, um ihre zwanzig Pfund auf ein paar neue Kleider zu verwenden, die sie einfach nur anziehen konnte, ohne sich vorher schwitzend an der verflixten, widerspenstigen Nähmaschine abzurackern. »Am Ende kostet es dich praktisch keinen Cent zusätzlich«, sagte Lisa, »denn du kriegst ja auch noch meinen Personalrabatt.« Daher wollten sie sich in der Mittagspause treffen.

Eva, Trudi, Anna und Marietta trafen innerhalb der ersten beiden Stunden nach Öffnung der Türen ein, Dawn kam kurz vor Mittag. Sie schwamm im Kielwasser von Lady Pyrke, die in den letzten mindestens dreißig Jahren genau an diesem Tag zu genau dieser Uhrzeit aufgetaucht war, um ein Dutzend neuer Unterwäschesets zu erwerben, welche stark im Preis herabgesetzt waren. Wenn sie diese gewichtige Aufgabe hinter sich gebracht hatte, würde sie, ungeachtet der Hitze und Menschenmassen, den ganzen Weg bis zum Queen's Club gehen, wo sie gedünsteten Fisch essen und danach, mit der geöffneten *Time and Tide* auf ihrem Schoß, ein ausgiebiges Nickerchen machen. Ihr Chauffeur hatte Anweisung, sie um drei abzuholen.

Die einzige Ausnahme von diesem legalen Aufruhr bildete natürlich die Abteilung für Modellkleider. Dort wurde die Fahne der Etikette immer hochgehalten. Die, die sich noch nicht nach einem ersten Blick auf die Preise einschüchtern ließen, mochten spätestens durch das gewisse Etwas in Magdas Blick einknicken. Sie konnte in Sekundenschnelle ihre potenziellen Kundinnen einschätzen: Sie wusste nicht nur, welche in diesem Jahr etwas kaufen, sondern auch, welche, mit ein bisschen Ermutigung, im nächsten Jahr wiederkommen würde. Und sie wusste, welche niemals etwas kaufen würde. Über Joy hätte sie leicht gelächelt, über Dawn unmerklich die Stirn gerunzelt.

Wie es sich traf, erschienen um kurz vor drei Mrs. Martin Wallruss und Mrs. Bruce Pogue, die gemeinsam bei Romano zu Mittag gegessen hatten, um sich den Knüller des Saisonendes zu sichern: drei Kleider zum Preis von zweien – schließlich hatten sie noch unzählige Partys vor sich. Die letzte Spalte im Bestandsbuch füllte sich rasch, und Lisa, die aus dem Tumult bei den Cocktailkleidern einen Blick herüberwarf, fragte sich bang, ob sie *Lisette* jemals wiedersehen würde.

41

»Rudi! Was machen Sie denn hier? Wollen Sie etwa ein *Kleid* kaufen?«

»Meine liebe Lisa, ich hatte ganz vergessen, dass dies auch Ihr Zuständigkeitsbereich ist. Ist das nicht ein prächtiges Wort: Zuständigkeitsbereich? Nein, um die Wahrheit zu sagen – und ich hoffe, Sie als meine Freundin können ein Geheimnis bewahren –, so möchte ich ein paar Worte mit Fay wechseln. Ist sie hier? Oh, wie bedauerlich. Nun, dann warte ich, bis sie zurückkommt. Vielleicht kaufe ich sogar tatsächlich ein Kleid. Momentan sind sie alle so billig, da wäre es eine Schande, es nicht zu tun. Welches können Sie mir empfehlen? Dieses hier – würde mir das stehen?«

»Sie müssen gehen, Rudi, sonst kriegt Miss Jacobs einen Anfall, wenn Sie sieht, wie ich mich mit Ihnen unterhalte. Gehen Sie und kommen Sie in ungefähr zehn Minuten wieder.«

»In Ordnung, wenn Sie mich nicht hierhaben wollen, sag ich Magda kurz Hallo. Wo ist sie denn? Ah, ich sehe schon, danke. Sie wird auch nicht begeistert sein, mich zu sehen, aber das werde ich ignorieren. Einstweilen auf Wiedersehen.«

»Fay, Rudi hat Sie gesucht. Er ist jetzt bei Magda.«

»Oh Gott – ich gehe sofort rüber und rede mit ihm, danke.« Das freudige Funkeln in ihren Augen war unübersehbar.

Ach, dachte Lisa, *so ist das also.*

»Fay, endlich. Da ich Sie nicht anrufen konnte, bin ich in meiner Mittagspause den ganzen Weg hierhergelaufen, um Sie zu sehen und zu fragen, ob Sie sich am Freitagabend mit mir verabreden würden. Wir könnten ins Kino gehen und danach essen oder was Sie möchten. Wenn Sie zusagen, könnten wir die Einzelheiten telefonisch besprechen, wenn Sie mich abends anrufen, hier ist meine Nummer. Oh, da freue ich mich aber. Also dann, nicht vergessen, heute Abend!«

»Lesley, na gut, *Lisa*, da hat vor etwa einer halben Stunde ein gewisser Michael Foldes angerufen und gesagt, er würde es später noch mal versuchen. Ach so, verstehe. Hmm. Also, wenn er mit dir ausgehen will, muss er dich abholen, damit ich ihn kennenlerne, auch wenn er ein Freund von Magda ist. Ich weiß ja nicht, wer er ist, außerdem kann er dich kaum respektieren, wenn er sich nicht zunächst deinen Eltern oder zumindest mir vorstellt. Ja, also, dann muss er bis Samstagabend warten, wenn er dich wirklich mag, kann er das, und du kannst das übrigens auch. Er ist doch wohl hoffentlich nicht zu alt für dich? Nein, dann ist es ja gut. Er war auf der Shore School? Nun, das ist doch schon mal was. Er klang sehr nett und höflich. Überhaupt nicht europäisch. Ja, wenn er hier *aufgewachsen* ist, dann ist er wohl ein echter Australier. Da, es klingelt wieder, geh dran, das könnte er sein.«

»Dave hat gesagt, ich könnte bis zu fünfzig Pfund ausgeben, also habe ich mir die Cocktailkleider angesehen. Du weißt ja, dass wir demnächst diesen Empfang haben. Aber ich habe nichts gefunden, was mir gefallen hat. Entweder schaue ich mal, was sie bei *Farmer's* haben, oder ich warte, bis der Ausverkauf in Double Bay beginnt, ich glaube, bei *Jay's* gibt es nächste Woche einen. Ich hab was für die Kinder bekommen, und du? Ja, das lohnt sich schon. Ja, Patty habe ich ganz kurz gesehen, aber sie war so beschäftigt, dass wir kaum Zeit hatten. Und du? Ja, aber blass ist sie immer, so groß ist der Unterschied auch nicht. Außerdem, was erwartest du? Er ist schon fast zwei Wochen weg, anscheinend hat er's nicht gerade eilig zurückzukommen. Falls er überhaupt zurückkommt. Es würde mich nicht überraschen, wenn er durchgebrannt wäre. Wäre nicht das Schlechteste. Nein, vielleicht vermisst sie ihn *jetzt*, aber sie wird drüber wegkommen. Sie hat ja nicht mal Kinder, die sie an ihn erinnern könnten. Sie muss sich nur um sich selbst Gedanken machen. Sie muss sich nur ein bisschen zusammenreißen und etwas herausputzen, dann hat sie genug Zeit, um noch mal ganz von vorn anzufangen. Ach, Herrgott noch mal, sie ist doch kein Kind mehr, sondern alt genug, um für sich selbst zu sorgen. Sie ist älter als ich, ich kann nicht ständig hinter ihr herrennen. Wieso zieht sie nicht einfach zu Mum? Sie kann ihm ja einen Zettel hinterlassen, das ist mehr, als er fertiggebracht hat. Wenn Dave mir so was antäte, würde ich mich auf der Stelle scheiden lassen. Na gut, hör mal, ich ruf sie heute Abend an und frage nach, was sie am Wochenende vorhat. Wenn sie will, kann sie mit uns zum Strand, aber das will sie wahrscheinlich nicht. Jaja, ich hab doch gesagt, ich mach's, also mache ich es auch, aber ich verstehe einfach nicht, wieso du ein derartiges Theater veranstaltest. Sie ist alt genug, um für sich selbst zu sorgen. Ja, ist gut. Bye bye.«

Joy legte den Hörer auf und betrachtete prüfend ihre

Fingernägel. *Danach hätte ich suchen sollen*, dachte sie. *Ich wusste doch, dass ich was vergessen habe.*

Wenn *Goode's* Ausverkauf hatte, konnte man in der Kosmetikabteilung echte Schnäppchen machen. Ach ja. Die Kinder mussten gebadet werden. »Kinder!«, rief sie. »Kommt rein – es geht in die Badewanne!«

Wenn sie gegessen haben, darf ich nicht vergessen, Patty anzurufen, sagte sie zu sich. *Oh Gooott.*

42

In ihrer Mittagspause hatte Lisa noch ein paar Minuten Zeit, daher schaute sie kurz bei den Modellkleidern vorbei, um Magda Hallo zu sagen.

»*Mon Dieu!*«, rief Magda zur Begrüßung. »Hier ging es zu wie im Irrenhaus. Sehen Sie nur!« Sie wies auf die Modellkleider in den Mahagonischränken.

Tatsächlich hatten sich die Reihen sehr gelichtet. Auf Mrs. Bruce Pogue und Mrs. Martin Wallruss waren weitere Frauen aus ihren Kreisen gefolgt, und jetzt hatten die verbliebenen Kleider viel Platz zum Atmen. Als Lisa einen Blick riskierte, entdeckte sie ihren Schatz sofort. Magda bemerkte, wie die Kleine unwillkürlich erschauerte.

»Sehen Sie sich das nur genauer an«, ermutigte sie Lisa. »Vielleicht gibt es noch etwas, das Sie reizen könnte.«

Lisa zwang sich zu lachen. »Was ich möchte, habe ich schon gefunden«, erwiderte sie.

Magda musterte sie erneut. Ah ja, das hier war also ein Fall von wahrer Liebe. Spontan beschloss sie, Nachsicht zu zeigen. Schließlich ging es um etwas Ernstes: die Herausbildung von echtem Geschmack. Und wenn dazu ein bisschen Herzschmerz vonnöten war, dann sollte es so sein.

»Ah ja, die kleine *robe de jeune fille*. Allerdings fürchte ich, all die begüterten *jeunes filles* in dieser Stadt wollen sich lieber wie eine Frau von Welt kleiden – nur ihre Mütter wollen, dass sie weiterhin jung aussehen, also nutzt dieses Kleid niemandem, es ist zu klein für *les mamans* und zu jung für *les débutantes.* Ich kann's nicht mehr sehen, also warum kommen Sie nicht morgen in Ihrer Mittagspause hierher, wenn Sie sich umgezogen haben, und probieren es mal an? Ich glaube, es ist genau Ihre Größe. Dann können Sie sich eine Weile Ihrer *fantaisie* hingeben, das ist gut fürs Gemüt. Aber ziehen Sie hohe Schuhe an, das passt besser.«

»Oh«, erwiderte Lisa erschüttert, »darf ich wirklich? Das wäre wundervoll ...«

»Aber nicht doch«, wehrte Magda ab, »nur möchte ich später nicht die Schuld in die Schuhe geschoben kriegen, wenn Sie eine Bank ausrauben, um es kaufen zu können. Natürlich könnte ich es bis morgen auch verkauft haben – wir werden abwarten müssen.«

»Oh nein, *bitte*, sagen Sie so was nicht«, flehte Lisa. »*Bitte* verkaufen Sie es nicht.«

»So etwas würde ich Ihnen niemals versprechen«, erwiderte Magda und lachte aufrichtig amüsiert.

Natürlich entsprach *Lisette* allen Hoffnungen und Träumen. Wie alle großen Kleider der französischen Couture war es dazu entworfen worden, nicht nur schön zu sein, sondern auch eine Idee der Frau an sich zu präsentieren, mit Lebendigkeit und Bewegung, der Verkörperung jugendlichen Schwungs. Überwältigt betrachtete Lisa sich in dem großen Spiegel. Sie wiegte sich ganz leicht, um zu sehen, wie die drei Lagen des Rocks anmutig in der Luft schwebten. Das Kleid passte wie angegossen. Die Korsage saß ganz knapp. Ihre von Volants umspielten Arme und Beine wirkten jetzt nicht mehr dünn, sondern schlank. Dieses Kleid veränderte ihr gesamtes Erscheinungsbild. Die Offenbarung, die über sie gekommen war, als sie zum ersten Mal die Modellkleider sah, war nun vollkommen.

Es gab nichts mehr zu sagen, und selbst Magda verstummte, zumindest für eine ganze Minute. Sie lächelte, dann bemerkte sie seufzend: »Ach ja. Sollen wir es liefern, Mademoiselle, oder nehmen Sie es selbst mit?«

Lisa lachte. »Ich behalte es an«, antwortete sie. »Können Sie mir meine Sachen einpacken? Die Rechnung bitte, wie üblich.«

In diesem Augenblick kam Miss Cartright, um Magda für die Mittagspause abzulösen. »Was ist das denn?«, fragte sie. »Dient Lisa Ihnen jetzt als Modell, Magda? Darauf wäre ich ja nie gekommen.«

»Nein, sie hat Mittagspause«, erklärte Magda. »Und ist momentan als Kundin hier. Sie probiert ein Kleid an, das ihr gefällt, aber es übersteigt ihre Mittel.«

»Ja, verstehe«, nickte Miss Cartright. »Wie viel kostet es jetzt? Fünfundsiebzig, oder? Aber das ist doch schon ein ganz schöner Nachlass.«

»Wissen Sie«, setzte Magda an, »ich frage mich, ob es nicht noch mal herabgesetzt werden muss, wenn wir es Mitte nächster Woche noch nicht verkauft haben. Sie sehen doch, dass es bereits leicht schmuddelig wird, das ist bei allen weißen Kleidern so.«

»Tatsächlich?«, erwiderte Miss Cartright. »Nun, dann fünfzig, wenn es, na, sagen wir bis Mittwoch nicht verkauft ist. Aber das ist ziemlich unwahrscheinlich. Wie läuft es sonst? Oh ja, ich sehe schon. Sehr schön! Aber jetzt zum Wesentlichen: Gehen Sie essen, Sie müssen doch schon verhungern!«

Lisa zog sich in die Umkleidekabine zurück und ging,

nachdem sie *Lisette* wieder in den Schrank gehängt hatte, für die restliche Mittagspause in den Hyde Park. Falls *Lisette* wirklich auf fünfzig Guineen reduziert werden sollte, hatte sie fast genug Geld dafür gespart. Es war eine geradezu berauschende Vorstellung, eine Summe auszugeben, die für mindestens zehn gewöhnliche Kleider zum normalen Ladenpreis gereicht hätte – und die höher war, als sie je in ihrem Leben Geld zur Verfügung gehabt hatte.

43

Während all der Tage, die Patty elend und verstört durchlitt, waren ihre Kolleginnen mit dem Weihnachtsgeschäft und dem anschließenden Ausverkauf viel zu beschäftigt, um ihr verändertes Benehmen zu bemerken. Wie Joy einmal erklärt hatte, war sie selbst in besten Zeiten eine blasse Gestalt, und für ihr übliches geistloses Geplapper mit ihren zu offenherzigen und gleichzeitig nichtssagenden Bemerkungen über ihren Mann gab es sowieso keinerlei Gelegenheit, denn die Bedienung der Kundinnen ließ einfach keine Zeit dazu. Zwar hatte Patty die ganzen Tage zäh durchgearbeitet, doch jeden Abend überwältigte sie eine geradezu erschreckende Müdigkeit. Appetit verspürte sie gar nicht mehr: Sie ernährte sich nur noch von Tomaten und kaltem Schinken und trank literweise Tee, seltsamerweise ohne Milch. *Bin ich so kraftlos, weil mir übel ist,* fragte sie sich, *oder ist mir übel, weil ich so kraftlos bin?*

»Versuch einfach, dir keine Sorgen zu machen«, meinte Dawn. »Der kommt schon zurück.«

Aber sie machte sich gar keine Sorgen, ehrlich nicht. Die Kraftlosigkeit und Übelkeit setzten ihr viel zu sehr zu, um sich Sorgen um Frank zu machen. Sie war auch nicht mehr wütend. Momentan brauchte sie all ihre Gedanken nur für sich selbst, denn sie musste einfach so gut es ging weitermachen: Sie musste zu *Goode's*, musste den Tag durchstehen, musste nach Hause gelangen und sich für den nächsten Tag vorbereiten.

»Ach, versuch ihn einfach zu vergessen«, meinte Joy, »wenigstens, bis er wieder auftaucht. Kauf dir ein paar neue Kleider und mach mal Urlaub. Fahr mit Dawn zur Bateman's Bay, hast du nicht noch ein paar freie Tage? Amüsiere dich ein bisschen. Komm Sonntag mit uns zum Strand, wir dachten, wir machen einen Tagesausflug nach Manly, also los.«

Aber ach, sie war so müde. »Mal sehen«, erwiderte sie. »Ich sag Bescheid. Rufe am Samstag an.«

»Zieh doch zu mir«, meinte Mrs. Crown. »Dann wird's wie in alten Zeiten. Du kannst ja für Frank eine Nachricht hinterlassen.« Aber sie wollte einfach nur in Ruhe gelassen werden. Sie wollte sich nicht verstellen müssen. Wenn man allein ist, muss man sich nicht verstellen, oder? Obwohl man es manchmal natürlich doch tut. Manchmal sind die Lügen, die man sich selbst erzählt, schlimmer als die, die man anderen auftischt. Wie ist das nur möglich?

44

Sie hatten sich im *Savoy* einen Film mit Untertiteln angesehen, die Fay gegen ihre Erwartung überraschend leicht mitlesen konnte, während sie den Schauspielern zuschaute. Da es eine schrecklich herzzerreißende Geschichte war, hatte sie Mühe gehabt, nicht zu weinen, denn das hätte furchtbar albern gewirkt und, schlimmer noch, ihre Mascara zerlaufen lassen. Jetzt saßen sie in einem kleinen Restaurant in King's Cross, wo das Essen sehr lecker war und Rudi etliche der anderen Gäste zu kennen schien, denn er winkte und verneigte sich ständig nach rechts und links. Das Seltsamste jedoch war, dass sie sich mit Rudi so ungezwungen unterhalten konnte. Es war gar nicht nötig, irgendwas zu verbergen.

»Also haben Sie vorher noch nie einen französischen Film gesehen? Mein Gott, da bin ich ja gerade noch rechtzeitig gekommen. Wir werden sie uns alle anschauen: *Les Enfants, Les Jeux, La Règle, Le Jour* und viele andere. Das wird eine Ewigkeit dauern, da werden wir für fast nichts anderes mehr Zeit haben. Andererseits gibt es hier keine Oper und auch kein nennenswertes Theater, also haben wir die Zeit. Sobald das akademische Jahr beginnt, besorge ich das Programm der University Film Society, weil die diese Filme ständig zeigt. War zumindest in Melbourne so. Natürlich kann die jeder besuchen, wieso auch nicht? Probieren Sie doch mal von diesem Kalbfleisch, es ist sehr gut hier.«

»Ja, ich war Bürokrat in Budapest – was für ein Satz! Ich sollte einen Song schreiben! Genauer gesagt: Ich war Aktuar. Soll ich Ihnen erklären, was das ist? Hier hingegen will ich richtig Geld verdienen, was sonst? Ich bin nicht in den kapitalistischen Westen geflohen, nur um den Rest meines Lebens Lohnempfänger zu bleiben. Ach, hier kann jeder mit ein bisschen Fantasie und umfangreichen Kenntnissen in Wirtschaftsstatistik ein Vermögen machen – mehrere Vermögen sogar! Meine Freunde sind schon dabei, und die haben nicht mal Ahnung von Statistik. Verstehen Sie, dieses Land ist unterentwickelt, und die Bevölkerung muss sich so schnell wie möglich entwickeln. Also habe ich die Absicht, reich zu werden, damit werde ich allen einen Gefallen tun.«

»Jetzt sagen Sie, hören Sie lieber Brahms als Beethoven oder am allerliebsten Tschaikowsky? *Sie sind sich nicht sicher?* Nun denn. Wenn Sie gestatten, werde ich mich auch darum kümmern. Sie sind außerordentlich musikalisch, sonst könnten Sie nicht so gut tanzen. Nein, das meine ich wirklich ernst. Das hier ist eine ernste Angelegenheit. Also, Sie lesen gerade *Anna K.*, nicht wahr? Ah, Lisa hat Ihnen das Buch geliehen. Bemerkenswert. Nun, glücklicherweise währt das Leben lang, wenn auch nicht so lang wie die Kunst, daher haben Sie noch genug Zeit, es zu beenden und dann den ganzen Rest zu lesen. Für eine Tänzerin sind Sie schon außerordentlich belesen. Aber jetzt glaube ich, ist es Zeit für mich, die Klappe zu halten, wie man hier sagt, denn Sie sind schon bereit für den Nachtisch, wohingegen ich noch nicht mal das hier aufgegessen habe. Also, während ich das tue, erzählen Sie mir besser Ihre Lebensgeschichte. Fangen Sie ganz von vorn an! Wer war Ihr Vater?«

Und so begann Fay zum ersten Mal überhaupt, ihre

Lebensgeschichte zu erzählen, und sie erwies sich rasch als ziemlich traurig, denn ihr Vater war im Krieg gefallen, als Fay gerade elf Jahre alt gewesen war und ihr älterer Bruder fünfzehn. Dieses Unglück hatte sich durch eine Reihe daraus resultierender Fehlentscheidungen und Flunkereien von Fays wohlmeinender, aber ziemlich lebensuntüchtiger Mutter fortgesetzt – Rudi unterbrach an dem Punkt, wo Fay an ihrem sechzehnten Geburtstag unklugerweise die Schule verlassen hatte, und bat um die Dessertkarte.

»Jetzt müssen Sie aber eine wirklich süße Leckerei essen«, sagte er. »Ich kann den Schokoladenpudding empfehlen, der ist fabelhaft. Lassen Sie mich das bitte erst bis hierhin verdauen, bevor Sie mir das nächste Kapitel erzählen. Ich hätte nicht gedacht, dass Sie mir eine solche Geschichte erzählen würden. Die Australier sind wahrhaft ein geheimnisvolles Volk; niemand würde darauf kommen, dass die Menschen an einem Ort wie diesem auch leiden können. Das liegt an dem ständigen Sonnenschein, der verbirgt alles außer sich selbst.«

Fay war froh, sich eine Unterbrechung gönnen zu können, denn seltsamerweise spürte auch sie, wie ihre Geschichte ihr zusetzte: Ein-, zweimal war sie tatsächlich den Tränen nahe gewesen.

»Hören Sie«, sagte Rudi, »in der Zwischenzeit erzähle ich Ihnen erst mal einen ungarischen Witz. Einen Augenblick, ich muss erst im Geiste übersetzen.«

Fay lachte so sehr, dass ihr diesmal tatsächlich Tränen in die Augen traten.

Wie süß sie ist, dachte Rudi. *Ein nettes, gesundes, australisches Mädchen, genau wie ich es mir gewünscht habe, aber obendrein noch mit einer tragischen Geschichte. Was bin ich doch für ein verdammter Glückspilz!* Dann beschlichen ihn Zweifel, die für ihn ganz untypisch

sagte Stefan. »Schließlich ist sie erwachsen. Sie kann selbst auf sich aufpassen.«

»Das weiß ich nicht«, gab Magda zurück. »Ich glaube, Rudi ist schon ein richtiger Herzensbrecher. Sie hingegen ist ein naives australisches Mädchen, das zweifellos nur Erfahrungen mit ungehobelten australischen Männern gemacht hat. Ich frage mich, ob sie mit jemandem wie Rudi überhaupt umgehen kann.«

»Ach, was soll denn jetzt dieses Theater«, stöhnte Stefan. »Er kann ihr doch nichts antun. Wahrscheinlich ist er nur ein äußerst amüsanter Begleiter, und sie hat den Spaß ihres Lebens.«

»Solange er ihr nicht das Herz bricht«, sagte Magda düster. »Das wäre meine Schuld.«

»Jetzt dramatisier doch nicht alles so«, rief Stefan. »Sie werden glücklich und zufrieden bis ans Ende ihrer Tage leben, viele prächtige Kinder bekommen, dich bitten, Patentante zu werden, und für immer in deiner Schuld stehen, weil du sie miteinander bekannt gemacht hast.«

»Mach keine Witze, ich flehe dich an!«, erwiderte Magda. »Du weißt ganz genau, dass die beiden ein unmögliches Paar abgeben. Rudi und Fay? Ich dachte nur, er könnte sich auf der Party ein bisschen mit seinem gesunden australischen Mädchen amüsieren – sie tanzt sehr gut, hast du das gesehen? Sie hat mir erzählt, das hätte sie eine Weile beruflich gemacht. Mehr nicht. Ich hab Rudis Idee mit dem Heiraten gar nicht ernst genommen und nicht gedacht, er würde von mir wirklich eine Braut serviert bekommen wollen. Aber wenn er jetzt mit ihr zusammen ist, nun, das hätte ich nicht erwartet. Was haben sie denn gemeinsam? Er wird ihr das Herz brechen, du wirst sehen.«

»Du bist wirklich melodramatisch«, stellte Stefan fest. »In Wahrheit sind beide etwas verloren, es passt momentan, miteinander auszugehen, mehr nicht. Hör mal! Ich bin ja fast schon so schlimm wie du: Wir wissen nicht mal, ob sie sich überhaupt treffen. Es ist gut möglich, dass Rudi sich in diesem Augenblick mit einer ganz anderen vergnügt.«

»Nein, ich spüre es, er ist mit Fay zusammen«, sagte Magda bedeutungsschwanger, »und ich hoffe wirklich, dass sie sich beide nur amüsieren wollen. Aber sie ist eine Frau, wenn auch nur eine australische, und du weißt genau, dass es bei einer Frau nie nur Vergnügen ist. Das Herz ist immer beteiligt und kann daher auch gebrochen werden. Und das wird dann meine Schuld sein.«

»Kommt Zeit, kommt Rat«, bemerkte Stefan. »Und jetzt ist es Zeit, noch mal schwimmen zu gehen. Los!«

»Ich hätte Magda und Stefan dieses Wochenende anrufen sollen«, sagte Rudi. »Wir sehen uns so oft, dass sie es komisch finden werden, wenn ich mich nicht melde. Also rufe ich sie später vielleicht an.«

Er und Fay saßen am Tamarama Beach auf einem großen Handtuch und aßen Sandwichs, die Fay mitgebracht hatte: zwei runde Brötchen mit Erdnussbutter und Sellerie und zwei mit Cheddar und Salat.

Rudi war entzückt. »Das sind also echte australische Sandwichs, wie?«, fragte er.

»Ich glaube schon«, erwiderte Fay. »Sind sie anders als europäische?«

»Ich mach dir bald mal welche«, versprach Rudi, »dann wirst du es sehen.«

Versonnen aß er ein weiteres Brötchen und nahm den

Geschmack des Landes in sich auf. Danach gab es Obst, dann las Fay noch ein bisschen in *Anna Karenina*, während Rudi sich umschaute, die jungen Frauen musterte und beobachtete, wie sich die Familien in ihrer Nähe verhielten.

Er war sich ziemlich sicher, dass das nächste Kapitel in Fays Lebensgeschichte Einzelheiten enthielt, die sie nur ungern preisgeben würde. Daher galt es, ihr die Einzelheiten möglichst rasch und schmerzlos zu entlocken, ihr die Scham zu nehmen und schnell zum Ende der Geschichte zu kommen, das sicherlich schon nah war. Danach konnte er, wenn er eine leicht aufbereitete Erzählung seiner eigenen Amouren hinter sich gebracht hatte, endlich den Boden für einen möglichen Heiratsantrag bereiten. Meine Güte, wie viel Zeit das alles in Anspruch nahm!

»Übrigens habe ich beschlossen hierherzuziehen«, bemerkte er. »Die Nordküste ist sehr hübsch, aber zu weit entfernt. Auf dieser Seite herrscht mehr Betrieb, es ähnelt eher der Innenstadt als einem Vorort. Also werde ich diese Woche ernsthaft nach einer Wohnung suchen – Bellevue Hill wäre mir lieb, aber das ist so teuer. Vielleicht versuche ich es in Rose Bay oder Vaucluse. Was meinst du?«

»Ja, die sind beide sehr hübsch«, nickte Fay erstaunt.

Rudi sprach von den vornehmen Vierteln der östlichen Vororte! Allerdings hatte er ja die Absicht verkündet, viel Geld zu verdienen, vielleicht würde er schon bald damit anfangen. Oh, sie war so eingeschüchtert! Hier saß sie, mit diesem ganz besonderen Mann, der so freundlich, so verständnisvoll, so witzig und so gut aussehend war und darüber hinaus auch noch reich werden wollte, und es war ihr ein völliges Rätsel, warum er sich mit ihr abgab. Na, das würde sich sicher bald erledigt haben, denn sie konnte sich nicht vorstellen, ihm ihre Affären mit Mr. Marlow und Mr. Green zu verschweigen. Mitten in der Seligkeit, die durch Rudis Aufmerksamkeiten hervorgerufen worden war, durchzuckte sie die Angst. *Mein Leben ist gescheitert*, dachte sie, legte ihr Buch nieder und blickte hinaus aufs Meer.

»Einen Penny für deine Gedanken«, sagte Rudi.

»Ach, es ist nichts«, erwiderte Fay bedrückt.

»Heute Abend, wenn wir zusammen essen gehen«, setzte Rudi erneut an, »das heißt, wenn du Zeit hast – ja? – gut –, dann erzählst du mir den Rest deiner Geschichte. Oder möchtest du das lieber gleich tun?«

»Nein«, sagte Fay rasch, »ich warte bis heute Abend.«

Wenn wir was trinken, wird es leichter sein, dachte sie.

»Danach werde ich dir von meiner eigenen Vergangenheit erzählen müssen, die ziemlich *schändlich* ist«, erklärte Rudi. »Und wenn du die erst mal gehört hast, wirst du wahrscheinlich nichts mehr mit mir zu tun haben wollen.«

Unsicher sah Fay ihn an, dann lächelten sie einander zu. Rudi beugte sich zu ihr und drückte ihr einen Kuss auf die Wange. Da wurde Fay mit einem Mal klar, dass alles in Ordnung kommen würde.

»Es ist Zeit, noch mal schwimmen zu gehen«, verkündete Rudi. »Los!«

46

Als Patty zu Beginn des neuen Tages die Augen aufschlug, fiel ihr alles wieder ein. Um ein Haar wäre sie einfach liegen geblieben. Aber das ging ja nicht, sie musste weitermachen. Wenigstens war es Montag, und klar umrissene Aufgaben lagen vor ihr. Sie musste nicht mehr endlose, grauenhafte Weiten freier Zeit herumbringen; jetzt galt es aufzustehen und sich für die Arbeit fertig zu machen. Sie setzte sich auf und stieg aus dem Bett, doch als sie ihre Füße auf den Boden setzte, wurde sie plötzlich von solcher Übelkeit überwältigt, dass sie stocksteif dasaß, bis es vorüber war. Dann stand sie ganz vorsichtig auf und ging ins Bad.

Sie schaffte es, sich zu waschen und anzuziehen, doch kaum hatte sie Brot in den Toaster geschoben, überkam sie erneut die schreckliche Übelkeit, dieses Mal so heftig, dass sie ins Bad stürzte und sich übergab. *Oh du lieber Gott, was ist bloß mit mir? Das kann doch nicht sein. Gestern in* Manly *habe ich bestimmt irgendwas Falsches gegessen. Die Fleischpastete, ganz bestimmt. Ich wusste gleich, dass ich das lieber hätte lassen sollen.*

Bei *Goode's* stand sie neben sich, obwohl die zweite Woche des Ausverkaufs auf vollen Touren lief. *In der Mittagspause sollte ich mir noch mal die Badeanzüge ansehen*, dachte sie. *Oder vielleicht ein paar neue Kleider kaufen, wie Joy mir ständig nahelegt. Mal ein bisschen Geld in die Hand nehmen.* Aber sie fühlte sich so krank und schwach, dass sie es mittags gerade mal so in die Kantine schaffte.

Fay begleitete sie nicht. »Ich zieh mich rasch um und schau mir mal die heruntergesetzten Kleider an«, verkündete sie strahlend. »Ich brauch unbedingt was Neues!«

Ja, ja, dachte Patty verbittert. *Man muss das Eisen schmieden, solange es heiß ist.* Sie fühlte sich grässlich, wie sie da ganz allein vor ihrer Tasse Tee und einem Salatsandwich saß, von dem sie nur einen Bissen genommen hatte.

»Keinen Appetit? Das ist aber gar nicht gut!«, ertönte plötzlich eine schrille Stimme hinter ihr, dann ließ sich deren Besitzerin auf den Stuhl neben ihr plumpsen.

»Ach, hallo, Paula«, sagte Patty lustlos.

»Wie ist das Nachthemd?«, erkundigte sich Paula mit leicht anzüglichem Grinsen.

Patty bemühte sich zu lächeln. »Ach, schön«, erwiderte sie. »Wirklich hübsch. Ich hätte zwei kaufen sollen.«

»Hab ich dir doch *gesagt*«, nickte Paula. »Aber jetzt ist es zu spät, sie sind alle weg. Wenn wir in vierzehn Tagen neue Ware kriegen, könntest du noch mal zu uns kommen, vielleicht findest du etwas, das genauso schön ist.«

»Ja, mach ich«, sagte Patty.

Sie war verzweifelt. Paulas Frage und das darauffolgende Gespräch erinnerten sie furchtbar schmerzlich an ihre Lage und die Vorgeschichte dazu. Doch dann durchzuckte sie plötzlich ein greller Gedanke. Ihr war bis dahin noch nie bewusst geworden, dass der Abend mit dem schwarzen Nachthemd und Franks Verschwinden – zwei Ereignisse, die unmittelbar aufeinander gefolgt waren – tatsächlich in einem Zusammenhang stehen konnten.

Das bot natürlich viel Raum für Spekulationen, allerdings wusste sie nicht, wo sie damit ansetzen sollte. So hatte sie noch nie denken müssen, und sie hatte keine Ahnung, wie man das tat. Sie wusste nur, dass ihr eine mögliche Verbindung vor Augen gehalten wurde, und dass sie, wenn diese Verbindung sich als real erwies, vielleicht etwas über den Grund für Franks Verschwinden erfuhr. Allerdings raubte ihr Paula jegliche Möglichkeit, genauer darüber nachzudenken, da sie so lange munter auf sie einredete, bis Patty wieder zu den Cocktailkleidern zurückkehren musste. Jetzt erstreckte sich die brennend heiße Wüste des endlosen Nachmittags vor ihr.

Kurz nach drei bemerkte Lisa einen Mann mit ledrigem Gesicht, der sich am Rand der Cocktailkleider herumdrückte. Er fiel ihr aus dreierlei Gründen auf: Erstens tauchte (abgesehen von Mr. Ryder) nur außerordentlich selten ein Mann auf dieser Etage auf, wenn man, zweitens, hier (außer Mr. Ryder) einen Mann sah, dann war er eher wie Rudi und nicht – drittens – wie einer der seltsamen Fremden, die man während der Schafausstellung in der Nähe des Hotel Australia zu Gesicht bekam.

Soll ich ihn fragen, was er will?, überlegte sie. *Er hat sich bestimmt verlaufen.*

Genau in diesem Moment bemerkte ihn auch Fay. »Meine Güte, sieh dir den an«, murmelte sie Lisa zu. »Was hat den denn hierher verschlagen?«

Sie fingen an zu kichern, was die Aufmerksamkeit von Miss Jacobs weckte.

»Ich muss doch bitten«, sagte sie, »sparen Sie sich Ihr Gekicher für den Feierabend auf. Ich wüsste nicht, was es hier gerade zu lachen gäbe. Haben Sie nichts Besseres zu tun? Im Moment übernimmt Patty alle Aufräumarbeiten. Wann immer Sie Zeit haben, sollten Sie zusehen, dass Sie ihr helfen.«

Wie befohlen wandten sich die beiden in Pattys Richtung, doch genau in diesem Augenblick näherte sich eine Kundin, und Fay blieb an der Verkaufstheke, um ihr Geld in Empfang zu nehmen. Lisa ging einen Schritt auf die Garderobenstange zu, wo Patty ein paar Kleider aufhängte, die anprobiert und zurückgelassen worden waren. Gleichzeitig setzte sich der Mann, den sie die ganze Zeit im Blick behalten hatte (so fasziniert war sie von ihm), in Bewegung. Es sah so aus, als näherte er sich ihr – wie seltsam! Vielleicht brauchte er tatsächlich ihre Hilfe, vielleicht wollte er ein Kleid für seine Frau kaufen und suchte Rat, hatte aber erst mal den Mut sammeln müssen, um zu fragen.

Als Lisa die Kleiderstange erreichte, drehte Patty, die sowohl Lisa als auch dem wettergegerbten Fremden den Rücken gekehrt hatte, sich um. Kaum hatte sie das getan – und Lisa bemerkte, wie schon früher, dass sie wirklich außerordentlich blass aussah –, da sackte sie plötzlich in sich zusammen und fiel mit einem so dumpfen Aufschlag zu Boden, dass Lisa schockiert zusammenzuckte. »Oh!«, rief sie mit zittriger Stimme aus. »Sie ist ohnmächtig geworden!« Was sollte sie nur tun? Da lag Patty, bleich wie ein Laken in ihrem schwarzen Kleid, lang hingestreckt auf dem Boden, umrahmt von den Cocktailkleidern, die sie über dem Arm getragen hatte. Bemerkenswert war auch, dass der lächerliche Mann zwar immer noch in der Nähe stand, aber nichts unternahm, sondern nur auf Patty herunterstarrte.

»Sie ist ohnmächtig geworden«, sagte Lisa zu dem Mann. »Ich hole schnell Hilfe.«

»Ich weiß«, erwiderte der Mann. »Sie ist meine Frau.«

Lisa starrte ihn an. Was in aller Welt hatte *das* zu bedeuten?

»Nun, ich hole mal Miss Jacobs«, sagte sie. »Sie wird wissen, was zu tun ist.«

Schnell lief sie zu Miss Jacobs. »Mrs. Williams ist ohnmächtig geworden«, rief sie.

Miss Jacobs hob entsetzt die Hände. »Sagen Sie Mr. Ryder Bescheid«, befahl sie. »Der wird die Krankenschwester rufen.«

Sie eilte zu ihrer bewusstlosen Kollegin. Dort angekommen, bemerkte sie den unbekannten Mann. »Wenn Sie entschuldigen wollen«, sagte sie äußerst würdevoll und leicht sarkastisch, »ich muss mich um diese ohnmächtige Dame kümmern.«

»Ich weiß«, wiederholte Frank. »Sie ist meine Frau.«

»Ach du lieber Himmel!«, rief Miss Jacobs aus. »Nun, dann ist es ja ein Glück, dass Sie hier sind, selbst wenn Sie es nicht sein dürften. Sie wird jemanden brauchen, der sie nach Hause bringt. Die Krankenschwester ist schon auf dem Weg. War sie in letzter Zeit krank?«

»Das weiß ich nicht«, sagte Frank. »Ich war nicht da.«

»Ach, wirklich?«, bemerkte Miss Jacobs. »Verstehe.« Sie schürzte die Lippen.

Jetzt schwebte Magda heran, sie hatte einen Großteil der Szene mitbekommen. »Ich habe Riechsalz«, verkündete sie und schwenkte ein Fläschchen. »Es gibt nichts Besseres!«

Miss Jacobs hatte bereits die Cocktailkleider vom Boden aufgesammelt und aufgehängt und Pattys Kleid so weit gelockert, wie der Anstand es zuließ. Jetzt legte sie einen Arm um Pattys Schultern und stützte sie, sodass sie halb saß. Magda hielt ihr das Riechsalz unter die Nase, worauf Patty die Augen aufriss und sich ruckartig aufrichtete.

Ihr erster Blick fiel auf Frank, und einen entsetzlichen Moment lang starrte sie ihn nur an. Dann flüsterte sie: »Fahr zur Hölle.«

»Aber, aber, Sie haben einen Schock«, schaltete Miss Jacobs sich ein. »Versuchen Sie, ganz ruhig zu bleiben. Die Krankenschwester kommt. Es geht Ihnen nicht gut.« Sie wandte sich zu Frank. »Vielleicht warten Sie besser woanders«, sagte sie zu ihm. »Gehen Sie zur Feuertreppe, wir holen Sie, wenn sie nach Hause gebracht werden kann.«

»Sagen Sie ihm, er soll zur Hölle fahren«, brach es aus Patty hervor.

»Aber, aber«, wiederholte Miss Jacobs.

Da machte Frank endlich den Mund auf. »Ich *war* in der Hölle«, sagte er, »und bin gerade zurückgekommen. Hatte aber meinen Schlüssel nicht. Ich wollte nur den Haustürschlüssel abholen, mehr nicht.«

»Oh Gott«, stieß Patty aus, »oh du lieber Heiland. Ich hätte es wissen müssen.« Und sie fing an zu weinen.

Die Krankenschwester traf ein. »Was ist denn hier los?«, fragte sie. »Ich möchte mir die Patientin anschauen.« Sie prüfte Pattys Puls und fing an, ihr Fragen zu stellen.

Frank lungerte an der Tür zur Feuertreppe herum.

»Wenn ihr Mann schon mal da ist, sollte sie besser nach Hause gebracht werden«, befand die Krankenschwester. »Falls Sie sich heute Abend immer noch schwach fühlen, sollten Sie unbedingt Ihren Arzt aufsuchen. Wenn sie sich umziehen geht, sollte sie jemand zur Umkleide begleiten.«

Diese heikle Aufgabe wurde Lisa übertragen. Als sie endlich zu den Cocktailkleidern zurückkehrte, ging alles wieder seinen gewohnten Gang; Miss Cartright hatte die Stellung gehalten und ihren Untergebenen mitgeteilt, sie könnten sie jederzeit rufen, wenn sie während Mrs. Williams' Abwesenheit Hilfe bräuchten.

»Mit etwas Glück wird sie morgen wieder da sein«, sagte

sie. »Wahrscheinlich liegt es nur daran, dass es so heiß ist und sie nicht genügend gegessen hat. Das predige ich meinen Mädchen stets und ständig, aber sie wollen einfach nicht auf mich hören. Essen Sie anständig zu Mittag!«

Mit flatternden Zipfeln ihres schwarz-weißen Kleids rauschte sie davon und dachte: *Das sieht unserer Mrs. Williams aber gar nicht ähnlich. Ohnmächtig zu werden in der zweiten Etage! Das geht nun wirklich nicht! Aber so ist eben der Ausverkauf. Ganz ehrlich? Das Wochenende kann gar nicht schnell genug kommen!*

47

»Patty Williams ist heute Nachmittag ohnmächtig geworden«, erzählte Lisa.

»Gute Güte! Was denn, bei *Goode's*?«

»Ja, mitten in der Abteilung für Cocktailkleider«, nickte Lisa. »Ihr Mann war auch da.«

»Ihr Ehemann? Was hatte *der* denn da zu suchen?«, fragte Mrs. Miles erstaunt.

»Das weiß ich nicht«, erwiderte Lisa. »Fay und ich waren für die Abteilung verantwortlich, während Miss Jacobs bei Patty und der Krankenschwester blieb, daher haben wir nicht mitbekommen, was los war. Ich weiß nur …«

Und dann schilderte sie die Ereignisse, die sie selbst mitangesehen hatte.

»Tja, das kommt mir alles aber ziemlich merkwürdig vor«, bemerkte Mrs. Miles. »Komisch, dass er einfach so aufgetaucht ist. Und sie ohnmächtig wurde. Du meine Güte! Aber nicht, dass du jetzt auch in Ohnmacht fällst. Isst du auch anständig zu Mittag, wenn du mal deine Sandwichs vergisst? Versprich mir das! Du siehst ja, was sonst passieren kann. Dabei sollte sie es in ihrem Alter doch besser wissen. Die Arme. Ich frage mich, warum sie keine Kinder hat.«

»Du solltest mal ihren Mann sehen!«, rief Lisa aus.

»Also Lesley, was weißt denn du davon?«, gab ihre Mutter zurück.

»Er ist völlig beschränkt«, erklärte Lisa.

»Das sind viele Männer«, entgegnete Mrs. Miles. »Und doch werden sie Väter.«

Da die Sprache schon auf Väter kam, stand die Frage nach Lisas Zukunft wieder im Raum. Die Ablenkungen zu Weihnachten und Silvester lagen hinter ihnen, und Lisas Ergebnisse der Abschlussprüfungen sollten Ende der Woche veröffentlicht werden. Sie würden in der Samstagsausgabe des *Herald* und des *Telegraph* stehen; daher würden Scharen von Examenskandidaten schon die Druckfahnen der ersten Auflage prüfen, die zu diesem Zweck bereits am späten Freitagabend vor den Zeitungsredaktionen ausgehängt werden würden. Man hätte zwar denken können, dass Lisas Vater diese wichtigen Informationen schon früher weitergab, da er sie viel eher zu sehen bekam, aber das Thema rund um die Ergebnisse und die damit verbundenen verbotenen Ambitionen war zu heikel, als dass es in seiner Gegenwart erwähnt wurde. Zumal er selbst in dieser Hinsicht keinerlei Interesse gezeigt hatte.

»Wahrscheinlich gehe ich Freitagabend mal zum *Herald*, um mir die Prüfungsergebnisse anzusehen«, sagte Mrs. Miles ganz sachlich.

»Ach ja«, stimmte Lisa ähnlich gleichmütig zu. »Wahrscheinlich komme ich mit.«

Nun sah Mrs. Miles keine andere Möglichkeit, als die unmittelbar bevorstehende Angelegenheit direkt anzusprechen. »Wenn du dich sehr gut geschlagen hast«, sagte sie, »und du sicher bist, dieses Stipendium zu bekommen, dann wäre es wohl eine gute Idee, deinen Vater erst mal ein paar Tage schmoren zu lassen, nachdem die Prüfungsergebnisse veröffentlicht wurden. Es ist ja noch viel Zeit, ihn umzustimmen, bevor du dich bewerben musst.«

»Ja, stimmt schon«, erwiderte Lisa bedrückt. Sie konnte die Vorstellung, noch weiter im Ungewissen warten zu müssen, kaum ertragen.

»Es dauert doch noch ein paar Wochen, bis die Liste der Stipendiaten veröffentlicht wird«, fuhr Mrs. Miles fort. »Wir lassen ihn einfach schmoren. Solange kannst du warten.«

»Und wenn ich keine guten Resultate habe«, sagte Lisa, »dann muss ich mir sowieso keine Gedanken machen.«

»Stimmt«, nickte Mrs. Miles. »Aber du hast gute Resultate.« Das war völlig sicher, sie spürte es in den Knochen. »Keine Angst, Lesley«, sagte sie, »*Lisa.* Es wird sich alles fügen. Du wirst sehen. Achte nur darauf, anständig zu essen. Iss ordentlich zu Mittag, und fall mir ja nicht in Ohnmacht wie diese Mrs. Williams. Was sollte ich noch für deine Sandwichs besorgen? Du hattest es bei Magda gegessen. Salami? Nun, ich schau mal, ob ich so was auftreiben kann. Irgendwo in Chatswood muss es doch Salami geben. Ich guck morgen mal. Salami. Ich schreib's mir besser auf, damit ich es nicht vergesse.«

48

Sie fuhren in einem Taxi nach Randwick, saßen schweigend nebeneinander auf dem Rücksitz, dann holte Patty ihren Hausschlüssel hervor, und sie traten gemeinsam über die Schwelle. Frank folgte seiner Frau in die Küche und ließ sich schwerfällig am Tisch nieder. Sie füllte den elektrischen Wasserkocher und schaltete ihn ein. Während sie darauf wartete, dass das Wasser heiß wurde, betrachtete sie das nette Bild auf dem Päckchen Billy Tea, das einen Mann zeigte, der mit einem Känguru Tee trank. Die beiden passten besser zusammen als sie und Frank, das war mal sicher. Die Vorstellung war fast zum Lachen; ihr dämmerte, dass die ganze Situation etwas Komisches an sich hatte.

»Wo warst du?«, fragte sie ziemlich ruhig.

»In Wagga«, antwortete Frank.

Patty stutzte kurz. »In Wagga?«, fragte sie. *»Wagga?«*

»Bei Phil O'Connell«, erklärte Frank. »Wir haben früher bei *Wonda Tiles* zusammengearbeitet. Dann ist er zu ein bisschen Geld gekommen und hat in Wagga einen Pub gepachtet. Du weißt schon. Am Anfang hat er mich ständig gefragt, ob ich nicht mal kommen wollte. Also habe ich ihn besucht. Hab über Weihnachten und Silvester ausgeholfen – da war besonders viel los.«

»Natürlich ist dir nicht der Gedanke gekommen, mir Bescheid zu sagen«, warf Patty ein. »Ich bin ja nur deine Ehefrau. Warum sollte ich mir Sorgen machen. Warum sollte ich mich fragen, ob dir irgendwas zugestoßen ist! Ich musste ja nur ein paar Lügen für *Wonda Tiles* erfinden und mich dann zwei Wochen schrecklich fühlen, mit Übelkeit und so, und dann tauchst du einfach so bei *Goode's* auf – ich weiß nicht, ob ich mich dort je wieder blicken lassen kann! Ich weiß nicht mal, wieso du überhaupt zurückgekommen bist. Wahrscheinlich weil du keine sauberen Hemden mehr hast, oder? Tja, von nun an kannst du dich selbst um deine verdammten Hemden kümmern. Mir reicht es nämlich!« Damit brach sie in Tränen aus und stürzte ins Schlafzimmer.

Frank folgte ihr und blieb dann unschlüssig auf der Türschwelle stehen. Sie lag schluchzend auf dem Bett und presste ihr Gesicht ins Kissen.

Schließlich ging er zu ihr und ließ sich auf die Kante der Matratze sinken. Er berührte Patty an der Schulter. »Tut mir leid«, murmelte er. »Daran hab ich gar nicht gedacht.«

»Ja, aber das war blöd von dir«, rief Patty aus. »Blöd und selbstsüchtig!«

»Ja, da hast du wohl recht«, sagte Frank. »Das war ich.« Er dachte eine Weile nach. »Ich hätte besser überlegen sollen«, sagte er. »Aber ich war mit den Gedanken woanders.«

»Wo denn genau?«, hakte Patty nach.

»Weiß ich nicht«, erwiderte Frank. »Ich hatte nur das Gefühl – also – nach dieser Nacht – du weißt schon –, da hab ich geglaubt, du wolltest mich nicht mehr sehen. Wenigstens eine Weile.«

»Ach, *das* hast du gedacht!«, rief Patty. »Wirklich und wahrhaftig? Du lügst doch! *Du* wolltest *mich* nicht sehen, so war es doch!«

Und noch während sie das aussprach, wusste sie, dass es

stimmte. Zum ersten Mal wurde es ihr glasklar bewusst. Er hatte sie nicht sehen wollen.

Als Frank jetzt den Blick zu Boden senkte, sah Patty Scham und Verwirrung in seinem Gesicht. Resigniert seufzte sie auf. Oh Gott, ihre Mutter hatte recht gehabt: Männer waren wie Kinder. Sie verstanden sich selbst nicht, konnten es einfach nicht.

Plötzlich blickte Frank zu ihr. »Ich mach's wieder gut«, sagte er. »Versprochen.«

»Ach ja?«, entgegnete Patty. »Na, da schauen wir mal.«

Und mit einem Mal schien ihr die Zukunft so interessant wie seit etlichen Jahren nicht mehr.

Sie setzte sich auf. »Ich habe einen Bärenhunger«, verkündete sie. »Könntest du kurz rausspringen und uns Fish and Chips besorgen? Währenddessen rufe ich Mum an, sie hat sich solche Sorgen um dich gemacht. Aber beeil dich: Ich *verhungere* gleich.«

49

»Ehrlich, Joy, ich verstehe nicht, was daran so komisch ist, Patty muss …«

»Ach, Herrgott, Dawn, wirklich nicht? Das ist seit langer Zeit das Komischste, das ich je gehört habe! Frank haut ohne ein Wort einfach ab und taucht zwei Wochen später bei *Goode's* in der Abteilung für Cocktailkleider auf, weil er seinen Haustürschlüssel verloren hat – das ist einfach zu köstlich! Das *muss* ich Dave erzählen!«

»Das ist gar nicht lustig, Joy. Du würdest auch nicht lachen, wenn das dir passieren würde. Du denkst nie daran, was Patty durchgemacht hat.«

»Schön blöd von ihr. Aber vielleicht ist sie jetzt schlauer. Wird höchste Zeit, dass sie was draus lernt. *Ich* jedenfalls würde ihn nicht zurücknehmen, um keinen Preis der Welt.«

»Ja, aber du bist eben nicht Patty, wie oft soll ich dir das noch sagen? Apropos, wie wirkte sie eigentlich am Sonntag? Irgendwie krank oder so? Schließlich sieht es ihr gar nicht ähnlich, in Ohnmacht zu fallen. Sie meint, dass sie heute nicht zur Arbeit geht, weil sie noch nicht wieder ganz auf dem Damm ist. Stattdessen will sie zum Arzt. Also, mir gefällt das gar nicht.«

»Ach nein, die wird schon wieder, am Sonntag war sie wie immer, hat nicht viel gesagt oder getan, sondern nur mit der Zeitung und so am Strand gehockt. Sie wird sich schon wieder berappeln, jetzt, wo Frank wieder da ist, hahaha.«

»Nun, vielleicht macht sie mal ’ne Pause, meldet sich krank und ruht sich ein Weilchen aus. Sie braucht die Pause, schließlich hat sie eine schlimme Zeit hinter sich. Und wenn du mit ihr redest, beherrsch dich ein bisschen, sie hat nicht deinen Sinn für Humor.«

»Ja, und genau das ist ihr Problem, oder? Aber vielleicht entwickelt sie den ja noch. Wäre jedenfalls besser, wenn sie mit Frank zusammenbleibt. Oh Gott, was für eine Geschichte! Hatte seinen Schlüssel nicht. Wenn das nur das Einzige wäre, was er nicht hat!«

»Ehrlich, Joy«, sagte Dawn. »Du bist *grässlich.*«

Miss Cartright tauchte bei den Cocktailkleidern auf, und nachdem sie ihren kundigen Blick über die verbleibenden Artikel im Ausverkauf geworfen hatte, winkte sie Lisa zu sich.

»Wir haben eben von Mrs. Williams gehört«, erklärte sie. »Sie ist gestern zum Arzt gegangen, und der hat sie für den Rest dieser Woche und die ganze nächste Woche krankgeschrieben. Sie wissen ja, dass dies eigentlich Ihre letzte Woche bei uns sein sollte, aber es wäre uns eine große Hilfe, wenn Sie nächste Woche für Mrs. Williams einspringen würden, denn der Ausverkauf ist zwar diese Woche glücklicherweise zu Ende, doch nächste Woche wird viel los sein, wenn die neue Ware kommt. Also würden Sie sich richtig reinknien müssen. Sind Sie einverstanden?«

»Aber ja!«, sagte Lisa hocherfreut. »Selbstverständlich!«

»Sehr schön«, nickte Miss Cartright. »Dann wäre das geklärt. Wenn es diese Woche hier eng wird, werde ich selbst aushelfen. Jetzt gehe ich und sage Miss Jacobs Bescheid.«

Sie verschwand so schnell, wie sie aufgetaucht war.

Lisa konnte nicht bis zur Mittagspause warten: Sie rannte

durch die Abteilung für Cocktailkleider und betrat Magdas pinkfarbene Grotte.

»Magda«, flüsterte sie drängend. »Ist es noch da?«

Magda verstand sofort. »Ja«, bestätigte sie. »Es ist noch da.«

»Dann ist es verkauft«, verkündete Lisa.

»Sehr gut«, sagte Magda. »Ich lege es für Sie beiseite.«

In der Mittagspause kam Lisa nach dem Umziehen zurück.

»Ah, Mademoiselle Miles«, begrüßte Magda sie strahlend. »Sie kommen Ihr Kleid abholen, nicht wahr? Es liegt schon für Sie bereit. Soll ich es einpacken oder möchten Sie es noch mal anziehen?«

»Oh, Magda, ich kann es heute noch nicht mitnehmen, ich habe kein Geld dabei. Die gesamte Summe habe ich erst Ende nächster Woche zusammen – denn ich springe nächste Woche für Patty Williams ein, die krank ist.«

»Ah ja«, sagte Magda. »Verstehe. Nun, das ist hier eigentlich nicht üblich, aber für eine so besondere Kundin mache ich eine Ausnahme und hänge es bis nächste Woche in den Schrank mit den Änderungen. Ach, übrigens …« Sie nahm *Lisette*, die weiße, raschelnde Jungmädchenfantasie mit den roten Tupfen, von ihrem wattierten Bügel und schüttelte sie aus, sodass die Volants einmal hochschwebten. Dann hängte sie das Kleid seufzend wieder zurück. »Miss Cartright war heute Morgen hier, und all unsere weißen Kleider, dieses hier und zwei weitere, werden noch mal reduziert. Mit dem Personalrabatt kostet Lisette dann genau fünfunddreißig Guineen. Das ist praktisch geschenkt.«

»Oh«, rief Lisa aus, »wie wunderbar!« Sie rechnete im Kopf ihre Ersparnisse zusammen: Nach dem Kauf von *Lisette* würde sie nur noch Kleingeld haben.

50

»Jànosi?«, fragte Myra. »Wie buchstabiert man das?«

Sie saßen im *Repin's* und tranken Eistee. Danach wollte Fay sich mit Rudi treffen und Myra in den Club gehen.

Fay buchstabierte den Nachnamen für ihre Freundin.

»Tja«, befand Myra, »daran muss man sich erst mal gewöhnen. Aber er könnte seinen Namen doch ändern. Das machen einige Europäer.«

»Rudi nicht«, erwiderte Fay. »Rudi findet, wenn man etwas Ungewöhnliches hat, ist es am besten, man zeigt es ganz offen.«

»Ach, wirklich?«, fragte Myra. »Na, so kann man das natürlich auch machen. Vor allem, wenn man ein dickes Fell hat.«

»Rudi ist der sensibelste Mann, den ich kenne«, protestierte Fay.

»Jetzt reg dich nicht auf«, erwiderte Myra, »ich hab's ja nicht böse gemeint. Ich finde nur …« Sie verstummte und blickte hilflos über Fays rechte Schulter.

Was genau fand Myra? Es war schwierig in Worte zu fassen und noch schwieriger auszusprechen. Sie war einfach schockiert. Fay? Im Sturm erobert von einem ungarischen Flüchtling mit unaussprechlichem Nachnamen, den Myra noch nie gesehen hatte – und dem sie finstere Absichten unterstellte! Was wollte er? Das würde ganz sicher übel enden. Und die Einzige, die dieses grauenhafte Desaster verhindern konnte, war sie, Myra. Aber wie sollte sie Fay, das dumme Ding, retten, wenn sie kein kritisches Wort über diesen Rudi Jànosi hören wollte und vor lauter Liebe blind war?

Oh Herr, gib mir Kraft, dachte Myra. *Was soll ich nur tun?*

»*Was* findest du?«, fragte Fay.

»Ach, ich weiß nicht«, wich Myra aus. »Es ist nur … Also, du kennst ihn doch eigentlich kaum, weißt im Grunde nichts über ihn … Du sollst nicht … Ich will nicht, dass dir wehgetan wird.«

»Mir ist lieber, Rudi tut mir weh, als die Typen, die ich bis jetzt kennengelernt habe«, sagte Fay trocken.

Myra überlegte, ob sie gekränkt sein sollte, denn diese Typen waren ja ihre Typen. Aber in Wahrheit konnte sie Fays Standpunkt nachvollziehen, auch wenn sie es nicht zugeben wollte.

»Bei einem Australier weiß man wenigstens, woran man ist«, konterte sie beleidigt.

»Mag sein«, sagte Fay. »Aber wenn man das gar nicht will? Bei einem Europäer erlebt man zumindest was Neues.«

»Ja, aber das könnte gefährlich sein«, hielt Myra dagegen. »Man könnte verletzt werden.«

Es war hoffnungslos, sie drehten sich im Kreis. Was war in zehn kurzen Tagen nur mit Fay geschehen?!

»Ja, könnte man«, räumte diese ein. »Es könnte gefährlich sein. Aber das Leben ist nun mal gefährlich.«

Gute Güte! »Das Leben ist nun mal gefährlich«? Wo hatte sie das denn her?

»Du solltest mal einige Geschichten von Rudi hören. Dann wüsstest du Bescheid. Wir hier leben in einem Kokon. Das findet *er* zumindest. Wir wüssten gar nicht, wie glücklich wir uns schätzen können.«

»Ach, aber er?«, gab Myra zurück.

»Allerdings«, sagte Fay mit Nachdruck. »Rudi weiß das und sagt es auch immer wieder.«

Mit einem Mal fühlte sich Myra ohnmächtig, und sie kapitulierte. »Liebst du ihn?«, fragte sie.

»Ja«, antwortete Fay. »Ich glaube schon.« Sie lächelte. Bisher hatte sie nicht mal gewagt, es vor sich selbst laut auszusprechen, und als sie es jetzt tat, war es, als würde sie eine schwere Tür aufstoßen, die in einen sonnendurchfluteten Park führte, in dem sie auf einmal frei herumschlendern durfte. »Aber sag es noch *niemandem«,* bat sie Myra. »Es ist unser Geheimnis, klar? Weil du meine beste Freundin bist.«

»Du hast recht, Fay«, gab Myra nach, dachte aber: *Oh Gott, ich hoffe nur, das geht für die Kleine gut aus. Sie hatte so viel Pech. Bitte mach, dass es gut ausgeht, auch wenn er ein Europäer ist!* Und mit der Hand, die Fay nicht sehen konnte, drückte sie heftig ihren Daumen.

51

Am nächsten Morgen war es Lisa, die sich krank fühlte – denn am Ende dieses Tages würde sie erfahren, wie gut oder schlecht sie bei den Abschlussprüfungen abgeschnitten hatte. Davor aber musste sie noch einen ganzen Arbeitstag bei *Goode's* und noch mehrere Stunden danach durchstehen – sie würde ins Kino gehen –, bevor sie zum *Herald* oder *Telegraph* gehen und sich dem Schlimmsten stellen konnte. Allein bei der Vorstellung drehte sich ihr der Magen um.

»Ich kann jetzt nichts essen«, sagte sie zu ihrer Mutter, die ausnahmsweise mal nicht darauf bestand.

Als Mr. Miles am Nachmittag an seinem Arbeitsplatz in der Setzerei erschien, kam sofort einer seiner Kollegen zu ihm herüber.

»Hey, Ed«, sagte er. »Hast du nicht eine Tochter, die dieses Jahr die Abschlussprüfungen gemacht hat? Die Ergebnisse sind gerade gesetzt worden. Geh's dir doch mal ansehen. Erlöse das Kind von seinem Elend.«

Das ging Ed Miles komplett gegen den Strich. »Nö«, sagte er. »Soll sie schwitzen. *Sie* wollte unbedingt den höheren Abschluss machen. Ich hab ihr gesagt, dass das reine Zeitverschwendung ist, aber sie und ihre Mutter wollten ja nicht auf mich hören. Ich hab keine Zeit, mir die Ergebnisse anzusehen, ich hab nämlich zu tun.«

»Ach, komm schon«, erwiderte sein Kollege. »Jetzt sei kein Spielverderber. Ist doch ein großer Tag für sie. Auf welcher Schule war sie denn?«

Mr. Miles teilte es ihm widerwillig mit.

Fünf Minuten später kehrte sein Kollege zurück. »Hey, Ed«, sagte er, »heißt deine Tochter Lesley? Ah ja. Dann hör dir das mal an.« Er hatte einen Zettel in der Hand und las eine Liste von Ergebnissen vor, die sogar Mr. Miles als außergewöhnlich erkennen konnte.

Danach herrschte kurz Schweigen, während Mr. Miles so tat, als würde er weiterarbeiten.

Schließlich sagte er doch etwas. »Klingt doch ganz gut, oder?«, bemerkte er. »Danke.«

»Herrgott, Ed«, erwiderte sein Kollege, »lässt dich das etwa kalt? Das ist *verdammt* gut, weißt du das? Das solltest du feiern.«

»Tja, mach ich aber nicht«, gab Mr. Miles zurück. »Ich hab zu tun, also lass mich weiterarbeiten.«

»Menschenskind«, sagte der Kollege. »Wie du willst.«

Damit ging er und erzählte dem Rest des Teams die Geschichte von Ed Miles' stoischer Reaktion auf die herausragenden Ergebnisse seiner Tochter.

Der Redakteur der Nachtschicht kam herein und schlenderte zu Ed Miles. »Wie ich höre, hat Ihre Tochter sich fabelhaft geschlagen«, sagte er. »Meinen Glückwunsch! Prächtige Neuigkeiten! Ich vermute, sie geht auf die Universität? Sie müssen sehr stolz auf sie sein.«

»Ach, das weiß ich nicht«, erwiderte Mr. Miles. »*Universität?* Das weiß ich nicht.«

»Aber ja doch!«, rief der Redakteur aus. »Solche Intelligenz darf nicht verschwendet werden! Sie wird dort eine tolle Zeit haben. Und sagen Sie ihr, sie soll danach zu uns kommen, wenn sie ein Volontariat machen möchte – Englisch mit Auszeichnung? Da muss sie schreiben können. Ja, unbedingt auf die Universität! Meine sind beide dort und haben die beste Zeit ihres Lebens. Richten Sie ihr von mir aus, was Besseres kann man in ihrem Alter gar nicht machen.« Und damit schlenderte er wieder davon.

Am Ende war es Mr. Miles so leid, ständig von Arbeitskollegen unterbrochen zu werden, die ihm gratulieren und die Hand schütteln wollten, dass er ihren lästigen Erwartungen nachgab und zu Hause anrief. Natürlich war seine Tochter nicht da, also sprach er mit seiner Frau.

»Ich dachte nur, ich könnte dir Lesleys Ergebnisse durchgeben«, sagte er. »Wenn du sie unbedingt wissen willst. Ich hab sie hier.«

Er las sie ihr vor.

Sie holte keuchend Luft und brach in Tränen aus. »Heute ist der glücklichste Tag meines Lebens«, sagte sie. »Kannst du früher nach Hause kommen? Sie ist bald zurück.«

»Nein, geht nicht«, erwiderte er. »Wir sehen uns morgen. Muss jetzt weitermachen.«

Damit legte er auf.

Lisa überlegte, ob sie ihre Mutter anrufen sollte. Aber vor den öffentlichen Telefonzellen warteten so viele mit demselben Anliegen, dass sie genauso gut in der Zeit nach Hause fahren konnte. Sie entdeckte ein paar Mädchen aus ihrer Schule, die eine ganze Weile vor Begeisterung kreischten und hüpften, um danach Richtung Innenstadt und Wynyard Station zu tänzeln und dabei schnatternd ihre Zukunftsaussichten zu besprechen. Als sie den Bahnhof erreichten, hatte für sie das Universitätsleben eigentlich schon begonnen.

Kaum schloss Lisa die Haustür auf, kam ihre Mutter ihr entgegengestürzt.

»Mum!«, rief sie mit leuchtenden Augen.

»Ja, ich weiß«, sagte Mrs. Miles. »Dein Vater hat angerufen.«

»Ach!«, erwiderte Lisa. »Und was hat er gesagt?«

»Nicht viel«, räumte Mrs. Miles ein. »Aber das war ja auch nicht zu erwarten. Er muss unter Schock stehen, sonst hätte er nicht mal angerufen. Lass ihn jetzt einfach mal ein bisschen schmoren. Du siehst ihn ja morgen. Bedränge ihn nicht, lass es erst mal sacken. Oh, Lesley. Dies ist der glücklichste Tag meines Lebens!«

»Meiner auch«, nickte Lisa, »bis jetzt.«

Lachend umarmten sie einander, dann brachen sie in Tränen aus, um direkt danach ein Tänzchen zu wagen, und am Schluss kochte Mrs. Miles Kakao, denn – Examensnoten hin oder her – Lisa musste am nächsten Morgen früh raus und zur Arbeit. Also brauchte sie ihren Schlaf, nicht wahr?

52

Patty ließ sich rückwärts aufs ungemachte Bett fallen und blieb dort erschöpft liegen. Dies war der sechste Morgen in Folge, an dem sie mit Übelkeit aufgewacht war und kurz darauf tatsächlich ins Bad hatte rennen müssen, um sich zu übergeben. Außerdem war sie zwei Wochen überfällig. Dennoch kam die Möglichkeit, die sich unvermeidlich aufdrängte, zu unerwartet und angesichts jüngster Ereignisse zu unpassend, um sie ernstlich in Erwägung zu ziehen. Aber wäre es nicht einfach typisch fürs Leben, dachte sie, wenn es ausgerechnet jetzt passierte, wo Frank – oh, Frank. Da war er ja.

Er stand im Türrahmen und wirkte mehr als peinlich berührt. Seit seiner Rückkehr war er auf Zehenspitzen und mit unbeholfener Zuvorkommenheit um sie herumgeschlichen, was er nach Pattys Dafürhalten auch weiterhin tun konnte. Bei *Wanda Tiles* war sein Fernbleiben mit einer halb erfundenen Krankheit mit eindrucksvollem lateinischem Namen geregelt worden, und jetzt ging er wieder zur Arbeit.

»Du hast verdammt Glück gehabt«, sagte Patty. »Ein anderer Arzt hätte dich vielleicht die Suppe auslöffeln lassen.«

»Ich weiß«, erwiderte Frank. »Glaub nicht, dass ich das nicht zu schätzen wüsste.«

»Dann zeig das auch, mehr will ich ja nicht«, gab Patty zurück.

Sie wollte ihn nicht vom Haken lassen – noch nicht, wenn überhaupt.

»Alles in Ordnung?«, erkundigte sich Frank jetzt vom Türrahmen aus.

»Nein«, antwortete Patty. »Mir geht's miserabel.«

»Möchtest du eine Tasse Tee?«

»Ja«, sagte Patty. »Aber hier. Ich kann noch nicht aufstehen. Hab nicht genug Kraft. Gib Zucker in den Tee.«

Dann lag sie da und blickte zur Decke.

Nach einer Weile kam Frank mit einem Teetablett herein, ein Anblick, bei dem ihr fast das Herz schmolz. Der arme Teufel gab sich wirklich Mühe. Er hatte tatsächlich ein Deckchen herausgesucht und darauf die Teekanne, einen kleinen Krug mit Milch und Würfelzucker – wo hatte er den her? – in einer passenden Schale gestellt. Und vom hinteren Ende der Besteckschublade hatte er die Zuckerzange herausgekramt. Es war ein richtiges Teetablett wie aus alten Zeiten. Oh Gott.

Patty setzte sich auf. »Sehr schön«, nickte sie. »Daran könnte ich mich gewöhnen.«

Sie lehnte sich ans Kopfende und nippte an ihrem Tee.

»Als du beim Arzt warst«, setzte Frank an, »hast du ihm da erzählt, dass dir morgens übel ist?«

»Kann sein«, erwiderte Patty. »Aber das ist ein Geheimnis zwischen mir und dem Arzt, verstehst du?«

Genau genommen hatte sie mit dem Doktor nicht darüber gesprochen, aber der hatte sie bereitwillig ein paar Tage krankgeschrieben, weil sie gerade so tapfer eine harte Zeit durchgestanden hatte.

»Ja, aber«, hakte Frank nach, »was hat er denn gesagt?«

»Das geht dich nichts an«, erwiderte Patty.

»Doch!«, rief Frank, stand abrupt auf und kippte dabei fast das Teetablett um. »Es geht mich was an. Und ob es mich was angeht! Ich wohne hier auch! Ich bin dein Mann, oder etwa nicht? Du hast mich noch nicht rausgeschmissen. Ich weiß, ich bin nichts Besonderes. Ich weiß, ich bin dumm – also, ziemlich dumm jedenfalls. Mit Schule hatte ich nie viel am Hut. Du hattest es gut, du bist in einem echten Zuhause aufgewachsen. Du weißt nicht, wie es für ein paar von uns war. Ich gebe immer mein Bestes, auch wenn nicht viel dabei rumkommt. Aber eins weiß ich: Ich hab gesagt, ich mach's wieder gut, und das werde ich auch, aber ich muss wissen, was los ist. Seit ich zurück bin, war dir jeden Morgen schlecht. Bist du schwanger?«

Patty verschlug es die Sprache. Sie stellte ihre Teetasse ab. Dies war die längste Rede, die Frank je gehalten hatte; sie hatte kaum alles in sich aufnehmen können. Und nun, da das Wort gefallen war, die Vorstellung wirklich Gestalt angenommen hatte, war sie plötzlich scheu und gehemmt, gleichzeitig aber überglücklich. Denn es bestand wirklich die Möglichkeit, auch wenn es zu einem völlig unpassenden Zeitpunkt kam. Und all ihre Gefühle erinnerten sie seltsamerweise an jene Nacht, an die ungewöhnlichen Ereignisse vor Franks unerwarteter Flucht. Plötzlich spürte sie, dass die geheime Welt, die sie damals betreten hatten, vielleicht doch nicht für immer verloren, verschwunden und verboten war.

Als sie in Franks Gesicht schaute, war sein Blick so verwirrt und flehentlich, wie sie ihn noch nie gesehen hatte. Plötzlich erkannte sie, dass er sich ebenfalls an jene Nacht erinnerte, und wagte es, sich jenes Reich wortloser und unvorstellbarer Intimität ins Gedächtnis zu rufen, jenes Reich, in das sie mehr oder weniger zufällig geraten waren und das

Frank solche Angst eingejagt hatte, dass er sofort darauf das Weite gesucht hatte.

Frank setzte sich wieder zu ihr. »Bitte sag es mir«, forderte er sie auf. »Ich muss es wissen. Ich habe ein Recht dazu, oder nicht?«

»Ja«, nickte Patty, »das hast du wohl. Aber ich bin mir noch nicht sicher. Vielleicht bin ich schwanger, vielleicht auch nicht. Es ist zu früh, um es mit Sicherheit zu sagen, das weiß ich. Wenn das also weiter so geht, suche ich in ein paar Wochen den Arzt auf, dann werden wir es erfahren. Mehr kann ich dir im Augenblick nicht sagen.«

Als Frank darauf nichts erwiderte, bemerkte Patty plötzlich, dass er Tränen in den Augen hatte. Sie saß schweigend da, dann berührte sie seine Hand. »Es bleibt erst mal unser Geheimnis, ja?«, bat sie. »Verrat kein Wort.«

»Nein, du hast recht«, versprach Frank heiser.

Dann nahm er ihre Teetasse, stellte sie aufs Tablett und setzte dieses auf dem Boden ab. Er legte sich neben sie und fing an, sie zu streicheln. Und mit einem Mal öffnete sich vor ihnen erneut das Tor zu ihrem geheimen, wortlosen und unvorstellbaren Reich.

53

Am Eingang zur Personalumkleide lag Magda auf der Lauer.

»Lisa!«, rief sie aus. »Ich hoffe, Sie heißen auch Lesley, wie Ihre Mutter Sie am Telefon genannt hat. Meine liebe, junge Freundin, was ist dies doch für ein glücklicher Tag!« Damit küsste sie sie überschwänglich auf beide Wangen und ergriff, strahlend vor Freude, ihre Hände. »Jetzt geht die Zukunft wie die Sonne über Ihnen auf«, verkündete sie.

In diesem Augenblick kam Fay, ziemlich verspätet, hereingeeilt. Doch als sie diese Worte hörte, blieb sie abrupt stehen. »Was?«, fragte sie. »Ist sie verlobt?«

»Aber nicht doch!«, wehrte Magda ab. »In ihrem Alter? Gott bewahre! Nein, haben Sie keine Zeitung gelesen? Lisa hier hat bei den Abschlussprüfungen großartige Ergebnisse erzielt. *Mon Dieu!* Mit Auszeichnung, vier Einsen, eine Zwei, also keine schreckliche Überfliegerin – sie ist so ein gutes Mädchen! Wie haben Stefan und ich uns gefreut. Er lässt Ihnen natürlich alles Gute ausrichten. Wir müssen unbedingt eine Dinnerparty für die klugen jungen Leute veranstalten. Michael Foldes hat sich auch sehr gut geschlagen, haben Sie gesehen? Außerdem noch ein anderes Mädchen aus unserer Bekanntschaft, also wird es bald eine kleine Feier geben, ich hoffe, schon nächste Woche. Die Einzelheiten besprechen wir später.«

»Ach«, sagte Fay. »Meine Güte, Lisa, das ist ja fabelhaft. Meinen Glückwunsch, wirklich.«

Langsam wurde es Lisa peinlich, denn die Umstehenden bekamen alles mit und wünschten ihr ebenfalls alles Gute. »Sie haben die höhere Schule abgeschlossen? Oh, großartig!«

Innerhalb einer Minute nach ihrer Ankunft bei den Cocktailkleidern tauchte Miss Cartright auf, dicht gefolgt von Mr. Ryder.

»Jetzt steht Ihnen die ganze Welt offen«, sagte er. »Aber verlieren Sie sich nicht darin.«

Lisa lachte, obwohl sie sehr nervös war wegen der nahenden Konfrontation mit ihrem unerbittlichen Vater. Sie befand sich in einer fast unwirklich anmutenden Schwebe zwischen Entzücken und Angst.

»Danke, danke, danke«, sagte sie immer wieder und strahlte bis über beide Ohren. Wie nett alle zu ihr waren!

»Fay hat mir gerade erzählt, dass Sie sich bei den Prüfungen sehr gut gemacht haben«, bemerkte Miss Jacobs ganz sachlich. »Stimmt das? Nun, das überrascht mich nicht im Geringsten. Sie wahrscheinlich auch nicht. Sie sind ein kluges Mädchen, das habe ich direkt gesehen. Es ist ein Vergnügen, mit Ihnen zusammenzuarbeiten, und ich bedaure, dass Sie uns verlassen. Aber natürlich werden Sie auf die Universität gehen, nicht wahr? Es gibt in der ganzen Schöpfung nichts Wunderbareres als ein kluges Mädchen. Vergessen Sie das niemals. Alle Welt geht davon aus, dass nur die Männer klug sind, Mädchen hingegen aber dumm oder zumindest albern – was nur sehr wenige Mädchen wirklich sind, aber sie entsprechen den allgemeinen Vorstellungen und stellen sich dumm. Also gehen Sie einfach fort, und seien Sie so klug wie möglich.

Rücken Sie allen den Kopf zurecht! Etwas Besseres können Sie und all die klugen Mädchen in dieser Stadt und der ganzen Welt nicht tun. Nun denn. Jetzt machen wir aber besser weiter und verkaufen ein paar Cocktailkleider, nicht wahr? Ja, in der Tat.«

Damit legte sich der Aufruhr, und Lisa hielt nach einer Arbeit Ausschau, mit der sie sich endlich ein bisschen in den Hintergrund zurückziehen konnte.

Nach Feierabend spazierte sie eine Weile durch die halb leere Stadt. Die Nachmittagssonne legte sich wie ein Segen über die Bürgersteige. Lisa schwebte darüber und zögerte die Zeit hinaus, da sie nicht nach Hause kommen wollte, bevor ihr Vater aufgestanden war. Als sie die George Street entlangging, erkannte sie, dass sie tatsächlich eine ziemlich große Hürde in ihrem Leben genommen hatte, größer als einige, die sie erst kürzlich überwunden hatte. Das weckte sehr fremdartige Gefühle in ihr. *Allerdings ist es in letzter Zeit fast normal geworden, dass ich mich fremdartig fühle*, dachte sie. Würde ihr diese Fremdheit von nun an zunehmend vertraut werden?

Ihre Eltern saßen in der Küche, als sie eintrat.

Ihr Vater stand auf. »Nun, Lesley«, sagte er, »ich glaube, da sind wohl Glückwünsche angebracht. Von der Arbeit lassen dir auch alle ihre Glückwünsche ausrichten. Der Redakteur der Nachtschicht und auch die anderen haben mir zugesetzt. Ich persönlich weiß ja nicht, was das mit den ganzen Prüfungen, Auszeichnungen und Universitäten soll, wo du doch ein Mädchen bist. Trotzdem. Glückwunsch. Das hast du sehr gut gemacht.«

»Danke, Dad«, erwiderte Lisa.

»Und, was hast du jetzt vor?«, fragte ihr Vater. »Du musst

nun deine eigenen Entscheidungen treffen. Du bist ja fast erwachsen.«

»Du weißt, was ich möchte«, entgegnete Lisa. »Aber du hast gesagt, das ginge nicht. Also weiß ich es noch nicht.«

»Ach, du meinst wohl die Uni«, sagte ihr Vater. »Also gut. Ich werde darüber nachdenken. Mehr nicht: darüber *nachdenken*. Wir schauen erst mal, ob du das Stipendium kriegst – wenn nicht, gehst du auch nicht auf die Uni. Auf keinen Fall bezahle ich die Studiengebühren. Ist schon schlimm genug, dass ich dich aushalten muss, solange du hier wohnst. Also denke ich darüber nach, *falls* du dieses Stipendium kriegst. Ich werde lange und sorgfältig darüber nachdenken. Also kannst du dir das Feiern noch sparen. Aber eins sage ich dir: Wenn ich beschließe, dass du auf die Uni darfst, und dann jemals höre, dass du dich mit einem dieser Liberalisten einlässt, die es da gibt, dann fliegst du hochkant aus diesem Haus raus, und ich will dich nie wieder sehen, ist das klar? Na dann. Wenn du gehst: keine Liberalisten, nicht ein *einziger*.«

Endlich wagte es Lisa, ihrer Mutter in die Augen zu blicken. In geheimem Einvernehmen strahlten sie einander an.

Da klingelte das Telefon.

»Geh dran, Lisa«, sagte ihre Mutter. »Das ist wahrscheinlich dieser Michael Foldes, der hat schon mal angerufen.«

Ein paar Minuten später kehrte Lisa zurück.

Mrs. Miles deckte gerade fürs Mittagessen den Tisch: Brot, Käse, Tomaten, ein Glas eingelegte Gurken und eine Salami, die sie tatsächlich aufgetrieben hatte.

»Was wollte er?«, fragte ihr Vater misstrauisch.

»Ach, nichts«, antwortete Lisa betont ruhig. »Er wollte nur wissen, ob ich heute Abend schon was vorhabe.«

»Na klar«, erwiderte ihr Vater. »Wir wollen feiern gehen, oder? In King's Cross oder irgendwo anders feudal essen.«

»Ja, genau das habe ich ihm auch gesagt«, nickte Lisa. »Aber er hat mich auch gefragt, ob ich nächste Woche Samstag mit ihm tanzen gehe.«

»Tanzen?«, wiederholte ihre Mutter. »Wo denn?«

»Oh, im Yachtclub«, antwortete Lisa geradezu kaltblütig. »Der Abend wird von den Eltern seiner Schulkollegen ausgerichtet. Um deren Prüfungsergebnisse zu feiern. Wenn jemand durchgefallen wäre, hätten sie die Party abgeblasen, aber es haben alle geschafft. Also, darf ich gehen?«

»Aber natürlich«, sagte ihre staunende Mutter. »Nur, was willst du anziehen?« Leichte Verzweiflung überkam sie: ein passendes Kleid für eine solche Veranstaltung? Da kam ja was auf sie zu!

»Ach, das weiß ich schon«, erwiderte Lisa. »Bei *Goode's* gibt's ein Kleid im Ausverkauf, das vollkommen ausreichend ist. Das werde ich kaufen.«

»Was kommt als Nächstes?«, fragte ihr Vater genervt. »Und wer ist dieser Kerl? Kenne ich den?«

Seine Frau und seine Tochter beruhigten ihn. Mit einem Mal überfiel ihn Traurigkeit. Lesley war immer da gewesen, sein Kind, wenn auch nicht der Sohn, den er sich gewünscht hatte. Und jetzt würde sie plötzlich hinaus in die Welt gehen. Plötzlich würde fast alles vorbei sein, dabei hatte er kaum gemerkt, wie die Zeit vergangen war.

»Na, dann amüsiere dich schön, solange du kannst«, sagte er. »Und was ist das hier?« Er hielt eine Scheibe Salami in die Höhe.

»Salami«, erklärte Mrs. Miles. »Die habe ich für Lesley gekauft.«

»Bei dir kommt man ja gar nicht mehr mit, Lesley«, bemerkte ihr Vater.

Und das ist wirklich wahr, dachte er. *Sie sieht langsam sogar hübsch aus. Entwickelt Kurven. Fast schon wie eine junge Dame. Also, was für ein Tag!*

»Ach ja, Salami?«, sagte er und kostete. »Oh, daran könnte ich mich wohl gewöhnen. Lass mich noch eine Scheibe probieren. Ziemlich würzig. Woraus ist die gemacht?«

54

Am Samstag stand Fay nach Ladenschluss vor dem Personaleingang und wartete auf Rudi. Der wollte so lange um den Block fahren, bis sie *Goode's* verließ. Also hielt sie erwartungsvoll nach seinem alten Wolseley Ausschau.

Da war er. Sie rannte zum Bordstein und sprang in den Wagen, als Rudi die Beifahrertür aufstieß.

»Volle Kraft voraus!«, sagte er schmunzelnd. Er wirkte sehr zufrieden mit sich selbst.

»Wohin fahren wir denn?«, erkundigte sich Fay.

»Das ist eine Überraschung«, sagte Rudi. »Wenn du Hunger hast, iss diese Sandwichs – wir haben keine Zeit, um zum Mittagessen anzuhalten.«

»Bitte gib mir einen Hinweis«, bettelte Fay. Sie hatte tatsächlich nicht die geringste Ahnung, was sie erwartete.

»Hier ist der Hinweis«, erklärte Rudi und bog nach links. Schon bald fuhren sie die William Street hinauf und schließlich die New South Head Road entlang.

»Oh«, sagte Fay, als die Rushcutter's Bay neben ihr glitzerte. »Ich hab's: Du hast eine Wohnung gefunden!«

»Genau«, nickte Rudi. »Ich glaube, sie könnte die Richtige sein. Aber ich will deine Expertenmeinung hören.«

»Ich soll eine Expertin sein?«, fragte Fay.

»Aber ja«, bekräftigte Rudi. »Jetzt pass auf.« Sie fuhren durch Double Bay, und Fay betrachtete staunend den Hafen mit dem funkelnden Wasser, dann kamen sie an Point Piper vorbei und folgten noch ein wenig weiter der New South Head Road. Schließlich bog Rudi nach rechts in eine Seitenstraße ein. Vor einem Wohnblock aus der Vorkriegszeit hielt er an. »So«, sagte er.

Sie betraten das Gebäude, und er führte sie bis ganz nach oben ins dritte Stockwerk. Dort holte er einen Schlüssel hervor und schloss eine Tür auf. Gemeinsam betraten sie die Wohnung.

Sie war zwar tapeziert, aber leer bis auf einen altmodischen Gasherd mit dem Bild eines Kookaburras auf der Ofentür.

»Das hat eigentlich den Ausschlag gegeben«, bemerkte Rudi und zeigte auf den Rieseneisvogel.

»Oh, früher hatten wir genau so einen Ofen!«, rief Fay aus.

»Na bitte«, erwiderte Rudi, »habe ich nicht gesagt, du bist eine Expertin? Jetzt komm und schau dir den Rest an.«

Es gab ein Wohnzimmer, von dem aus man den Hafen sehen konnte, und zwei recht kleine Schlafzimmer. Das Bad war fertig ausgestattet, mit grün marmorierten Fliesen. Sie gingen zurück ins Wohnzimmer und blickten aus dem Fenster.

»Siehst du«, sagte Rudi, »wir könnten die Wasserflugzeuge beim Starten und Landen beobachten.«

Fays Herz begann heftig zu pochen. *Wir?*

»Ja«, erwiderte sie. »Es ist schön.«

Sie wagte nicht zu fragen, ob es teuer werden würde.

»Und so nah zum Wintergarden«, bemerkte Rudi. »Ganz zu schweigen von vielen anderen Annehmlichkeiten. Was meinst du?«

»Also, ich finde sie wirklich schön«, antwortete Fay. »Wie ich schon sagte. Aber *dir* muss sie gefallen, es ist deine Wohnung. Was meinst *du* denn?«

»Oh … ich meine … Hör mal: Willst du mich heiraten?«

»Was?«, sagte Fay. Sie traute ihren Ohren nicht.

Was bin ich doch für ein Narr, dachte Rudi. So war das eigentlich nicht geplant gewesen, die Frage war ihm irgendwie vorzeitig rausgerutscht.

»Verzeih mir«, bat er, »ich habe dich erschreckt. Ich hab sogar mich selbst erschreckt. Lass mich noch mal ganz von vorn beginnen. Ich liebe dich, ich bete dich an, du bist so süß, du machst mich glücklich. Ich möchte, dass wir so schnell wie möglich verheiratet sind, wenn du mich nimmst. Bitte antworte mir, aber denke darüber nach, so lange du möchtest. Ich gebe dir mindestens fünf Minuten. Soll ich dich allein lassen, während du nachdenkst?«

»Nein, lass mich nicht allein«, erwiderte Fay. »Die Antwort ist Ja.«

»Gott sei Dank!«, atmete Rudi auf. »Wir werden reich sein und viele Kinder haben, mindestens vier. Bist du damit einverstanden?«

»Jaja, natürlich«, nickte Fay. »Ich liebe Kinder. Und Geld … ist immer nützlich.«

»Gut«, sagte Rudi. »Aber jetzt …« Und damit nahm er sie in die Arme.

Sie hatten sich schon mehrere Male geküsst, allerdings waren sie dabei sehr korrekt und zurückhaltend gewesen und hatten nie die Grenze ungezügelter Leidenschaft überschritten. Jetzt aber küssten sie sich in einer Art und Weise, die nahelegte, dass Korrektheit und Zurückhaltung hinter ihnen lagen – was ziemlich sicher der Fall war.

Stefan kam ins Bad, wo Magda gerade ihre Haare wusch.

»Das war Rudi am Telefon«, bemerkte er.

»Ach ja?«, fragte Magda.

»Er wollte sich fünfzig Pfund von mir leihen«, erklärte Stefan.

»Wieso?« Magda war verblüfft.

»Oh«, antwortete Stefan betont beiläufig, »er will einen Diamantring kaufen. Vielleicht auch einen Saphir.«

Mit dem Haar voller Schaum richtete Magda sich auf. »Was soll das heißen?«, erkundigte sie sich. »Will er ins Schmuckgeschäft einsteigen?«

»Das glaube ich nicht«, erwiderte Stefan, »obwohl auch das sich irgendwann ergeben könnte. Nein, erst mal will er nur einen Verlobungsring kaufen. Für Fay.«

»Was?«, rief Magda. »Einen Verlobungsring? Für *Fay*? Was denkt er sich nur!«

»Er denkt nicht«, beschied Stefan ihr, »sondern er handelt. Er und Fay haben sich verlobt.«

»Das ist doch absurd«, entgegnete Magda. »Lass mich kurz die Haare ausspülen.«

Das tat sie und wickelte sich dann ein Handtuch um den Kopf.

»Schenk mir einen Whisky ein«, befahl sie.

Sie gingen ins Wohnzimmer und setzten sich mit ihren Drinks hin. Die Sonne würde bald untergehen: Es war nach fünf.

»Vermutlich wirst du ihm das Geld leihen«, bemerkte Magda.

»Natürlich«, nickte Stefan. »Wie könnte ich seinem Glück im Wege stehen? Fay ist ein nettes, gesundes australisches Mädchen.«

»Ganz genau«, sagte Magda. »Und deshalb ist das Ganze absurd. Wie sollen die beiden denn miteinander glücklich werden? Sie haben überhaupt nichts gemeinsam.«

»Als wäre das wirklich eine Bedingung für eine glückliche Ehe«, entgegnete Stefan. »Du redest schon wie eine Kummerkastentante. Wichtig ist nur, dass sie *jetzt* glücklich miteinander sind. Das ist der einzig mögliche Ausgangspunkt. Die Mitte und das Ende werden sich schon irgendwie ergeben, so wie immer. Oder eben auch nicht, je nachdem.«

Magda dachte nach. »Wenigstens spielt er nicht nur mit ihr«, sagte sie. »Zumindest bricht er ihr nicht das Herz, so wie ich befürchtet hatte. Obwohl das noch passieren könnte.«

»Ach, komm schon«, sagte Stefan. »Ich glaube, er ist viel zu stolz, um so etwas zuzulassen. Er wird ein sehr gewissenhafter Ehemann werden, du wirst sehen. Sie wollen beide viele Kinder – das wird sie auf Trab halten, und diese Gemeinsamkeit haben sie. Du wirst sehen, das reicht schon aus.«

Magda dachte erneut nach. »Ach, vermutlich hast du recht«, räumte sie ein. »Also, was soll's. Hauptsache, man gibt nicht mir die Schuld.«

»Dir?«, erwiderte Stefan. »Du meinst, weil du sie miteinander bekannt gemacht hast? Die beiden sind eigenständige Menschen. Wir können ihnen nur alles Gute wünschen. Und Rudi fünfzig Pfund leihen. Er hat übrigens eine Wohnung gefunden, in Rose Bay. Deshalb ist er auch gerade knapp bei Kasse: Er muss eine große Kaution hinterlegen.«

»Wann wollen sie heiraten?«, fragte Magda.

»Schon bald, so schnell es geht, wahrscheinlich standesamtlich.«

»Na dann«, sagte Magda, »wünsche ich ihnen wirklich alles Gute. Aus ganzem Herzen. Trotzdem ist es irgendwie ein Schock.«

»Ja, Freunde können schon ziemlich schockierend sein«,

bestätigte Stefan. »Das ist eine ihrer hervorstechendsten Eigenschaften.«

Plötzlich kam Magda eine wundervolle Idee. »Wir haben die jungen Leute doch nächsten Samstag zum Essen eingeladen«, sagte sie, »um ihre Prüfungsergebnisse zu feiern. Da könnten wir auch eine kleine Verlobungsfeier abhalten. Was meinst du?«

»Ja, wieso nicht?«, erwiderte Stefan. »Eine schöne, laute Party ist immer gut, vor allem, wenn man einen Schock hatte. Wir werden ein Schwein schlachten!«

»Und eine Eistorte bestellen«, fügte Magda hinzu, »mit all ihren Namen darauf.«

»Und unseren«, fügte Stefan hinzu.

»Aber natürlich«, nickte Magda. »Mit unseren auch!«

55

»Meine besten Wünsche«, sagte Miss Cartright.

»Ich möchte Ihnen alles Glück der Welt wünschen«, sagte Mr. Ryder.

Fay lächelte verzückt und streckte ihre Hand zur unvermeidlichen Begutachtung des Rings aus.

»Schön«, lobte Miss Cartright. »Ein Saphir. Sehr schön!«

»Ein sehr hübscher Klunker«, bemerkte Mr. Ryder.

»Na so was«, sagte Miss Jacobs. »Eine stürmische Romanze mit einem Ungarn? Na, so was! Ich hoffe, Sie werden beide sehr glücklich werden.«

Lisa sah erst den Ring an und dann Fay. Wie unglaublich das doch alles war! Selbst sie kannte Rudi schon länger als Fay. Wie rätselhaft es bei den Erwachsenen zuging. Aus dem Nichts heraus waren Rudi und Fay einfach so verlobt – und wie es zu so einem Ereignis kommen konnte, vermochte sie nicht mal zu erahnen. Es erklärte gar nichts, den ganzen Prozess der Macht der Liebe zuzuschreiben. Und doch war es jetzt so, und Fay wirkte tatsächlich überaus glücklich.

Es war ein Donnerstag, also Zahltag, und die Verlobungsanzeige hatte in der Morgenzeitung gestanden, wo Mrs. Miles sie beim Frühstück entdeckt hatte.

»Fay Baines«, hatte sie gesagt. »Arbeitest du nicht mit einer Fay Baines zusammen, Lisa?«

Sie war schon ziemlich gut darin, sie Lisa und nicht mehr Lesley zu nennen.

Lisa war angesichts der Vorstellung, dass Rudi und Fay verlobt waren, so entgeistert, dass sie vergessen hatte, ihre Ersparnisse mitzunehmen. Deshalb würde sie *Lisette* erst am folgenden Tag mitnehmen können.

Am Donnerstagabend kam sie mit ihrer Lohntüte nach Hause, setzte sich damit und mit ihren Ersparnissen aufs Bett und zählte ihr gesamtes Geld. Sie zählte genau 36,15 Pfund und gab es in einen Umschlag. Morgen würde *Lisette* ihr gehören.

Am nächsten Morgen wartete Fay in der Personalumkleide auf sie. »Oh, Lisa, ich hab hier was von Rudi für dich«, sagte sie.

»Von Rudi?«, fragte das Mädchen verblüfft.

»Ja, er möchte sich entschuldigen, dass er dir nicht früher gratuliert hat«, erklärte Fay, »aber er hofft, dass du das unter den gegebenen Umständen verstehst. Wir sehen uns doch Samstagabend bei Magda, oder nicht? Er hat mich gebeten, dir das zur Feier deiner guten Prüfungsergebnisse zu geben.«

Sie reichte ihr ein Päckchen, das Lisa sofort auspackte.

Es war eine große Schachtel teurer Pralinen, die mit einer rosa Schleife geschmückt war. Lisa holte entzückt Luft. »Oh, bitte sag ihm recht herzlichen Dank. Ich hab noch *nie* Pralinen geschenkt bekommen! Sie sehen köstlich aus. Willst du eine?«

»Nein danke«, sagte Fay, »ist noch ein bisschen zu früh.«

Sie lachten.

»Das ist schrecklich nett von ihm«, erklärte Lisa. »Ich hätte nie damit gerechnet, es ist wirklich schrecklich nett.«

»Ja, er ist nett«, nickte Fay, »schrecklich nett. Wirklich. Er ist der netteste Mann, den ich je kennengelernt habe.« Sie lächelte, erst glücklich, dann plötzlich verlegen.

»Oh, wie schön«, sagte Lisa. »Ich freue mich wirklich sehr für euch beide.«

»Danke«, erwiderte Fay. »Aber jetzt gehen wir wohl besser zu den Cocktailkleidern.«

»Mein vorletzter Vormittag«, bemerkte Lisa.

»Mein vorletzter Monat«, nickte Fay.

Wieder lachten beide.

»Das Ende einer Ära«, sagte Lisa.

»Ja«, bestätigte Fay, »das stimmt. Ich frage mich, was mit Patty Williams ist.«

»Vielleicht ist sie schwanger«, antwortete Lisa. »Glaubst du nicht?«

»Ja wirklich, könnte sein«, rief Fay aus. »Schließlich hat sie lange genug gewartet!«

Sie hoffte nur, dass es bei ihr selbst nicht so lange dauern würde – ging aber keine Sekunde ernsthaft davon aus.

Miss Cartright verabschiedete sich eine halbe Stunde früher als sonst, da sie zum Zahnarzt musste. Auf dem Weg hinaus traf sie Mr. Ryder.

»Die Ereignisse überschlagen sich ja geradezu«, bemerkte sie. »Sie haben bestimmt bemerkt, dass wir die Hälfte der Angestellten bei den Cocktailkleidern verlieren. Miss Baines hat uns mit einer Frist von einem Monat gekündigt – keine lange Verlobungszeit! Und ich habe das seltsame Gefühl, dass wir Mrs. Williams auch nicht wiedersehen werden, obwohl ich nicht wüsste, warum.«

»Tja«, erwiderte Mr. Ryder, »Veränderung ist das Gesetz des Lebens, meine Liebe.«

»Trotzdem«, entgegnete Miss Cartright, »morgen gehe ich besser mal zur Personalabteilung. Wir brauchen ab sofort eine weitere Festangestellte und möglicherweise in Kürze eine zweite.«

Mr. Ryder überblickte sein Reich. Der Handel war doch ein wunderbares Spektakel! Das ganze Dasein der Menschen spiegelte sich hier wider. *Sie kommen, und sie gehen*, dachte er. *Nur eines bleibt, unveränderlich, und das ist Miss Jacobs – die Gute. Ich frage mich … Ah, da ist sie ja.*

Um halb sechs war er in ausgesprochen philosophischer Stimmung. Er machte sich zum Gehen bereit und schritt gemächlich die Feuertreppe hinunter. Ein paar Nachzügler eilten am ihm vorbei. Das Gebäude war nun praktisch leer und würde in einer Minute zugesperrt werden, verschlossen und verriegelt für die Nacht. Er beschloss, an diesem Abend über die ruhige Elizabeth Street zu gehen. Als er sich der King Street näherte, bemerkte er in einiger Entfernung vor ihm eine vertraute schmale Gestalt. *Ah*, sagte er zu sich, *die junge Lisa.* Wie erwachsen sie in den sechs, sieben Wochen bei ihnen geworden war: Eben noch ein dünnes, zerbrechliches Kind, jetzt eine schlanke junge Dame mit einer Reihe erstklassiger Prüfungsergebnisse. Er beobachtete, wie sie ziemlich selbstsicher und energisch die Straße entlangschritt. Sie trug eine große Schachtel, wie man sie bei den Modellkleidern benutzte: dunkelblau, mit einem dezenten gelben Etikett in der Mitte des Deckels. *Du meine Güte*, dachte er, *diese jungen Damen lernen schnell. Nur fünf Minuten Mitarbeit bei Magda, und schon kaufen sie sich Modellkleider. Nun, umso besser für sie. Hat bestimmt ihren ganzen Lohn dafür genommen. Ihn wieder dem Unternehmen zugeführt!*

Unter ihrem anderen Arm trug sie eine kleinere Schachtel mit einer rosa Schleife.

Pralinen?, überlegte Mr. Ryder. *Wüsste nicht, was es sonst sein sollte. Na dann. Junges Mädchen. Neues Kleid. Pralinen. Alles genau so, wie es sein sollte!*

ENDE